踏遍五洲

情未了

TA BAIN WU ZHOU
QING WEI LIAO

隋诚 ◎ 著

WUZHOU

黄河出版传媒集团
宁夏人民出版社

图书在版编目（CIP）数据

踏遍五洲情未了 / 隋诚著. — 银川：宁夏人民出版社，2017.9
ISBN 978-7-227-06740-5

Ⅰ. ①踏… Ⅱ. ①隋… Ⅲ. ①游记—作品集—中国—当代 Ⅳ. ①I267.4

中国版本图书馆CIP数据核字(2017)第235242号

踏遍五洲情未了 隋　诚　著

责任编辑　赵学佳
责任校对　闫金萍
封面设计　万　飞
责任印制　肖　艳

出　版　人	王杨宝
地　　　址	宁夏银川市北京东路 139 号出版大厦（750001）
网　　　址	http://www.nxpph.com　　http://www.yrpubm.com
网上书店	http://shop126547358.taobao.com　　http://www.hh-book.com
电子信箱	nxrmcbs@126.com　　renminshe@yrpubm.com
邮购电话	0951-5019391　　5052104
经　　　销	全国新华书店
印刷装订	银川银选印刷有限公司
印刷委托书号	（宁）0006484

开本　787 mm×1092 mm　1/16
印张　10.75　　字数　120 千字
版次　2017 年 9 月第 1 版
印次　2017 年 9 月第 1 次印刷
书号　ISBN 978-7-227-06740-5
定价　46.80 元

版权所有　侵权必究

威海刘公岛是中国海军的诞生地,甲午海战的古战场

印度是一个讲究社交礼仪的国度,我与印度朋友
Mr·PAHUL·kumar在新德里郊区合影

尼泊尔人友善真诚,我与尼泊尔朋友Butterfly Lodge
在加德满都杜巴广场上合影

泰国是礼仪之邦,泰国人谦和友善,在曼谷机场有迎宾小姐欢迎远方来的客人

曼谷被称为"天使之都"、"万佛之城",古老的湄南河与现代艺术结合,佛寺与摩天楼辉映,充溢着宗教情怀

昔日的"欧洲英雄",早已无处可觅,永恒的凯旋门依然耸峙在星形的戴高乐广场上

布鲁塞尔原子球塔,显示出人类和平利用原子能的美好前景

历经沧海桑田，吉萨金字塔依然屹立在古老的尼罗河畔

埃及人待人热情，与朋友真诚相处，我与埃及朋友 Mr·Anmed·Gomd一同参观索贝克·哈罗里斯神庙

亚历山大是古埃及的"夏都"，被誉为"地中海新娘"

港湾宏阔，风帆高扬，尽显雄伟气魄，悉尼歌剧院被公认为20世纪世界十大奇迹之一，是澳大利亚的标志性建筑

悉尼歌剧院的金色舞台，是无数知名艺术家梦寐以求、心驰神往的演出圣地

在新西兰爱歌顿皇家牧场，我亲手喂食"神兽"羊驼

在澳大利亚黄金海岸的可仑宾野生动物园，我尽情享受与大洋洲独有动物袋鼠零距离接触的体验

我怀抱憨态可掬的考拉，小动物格外惹人喜爱，澳大利亚摄影师热情地为我拍照

途经犹他州盐湖城，在市政厅办公室与州长助理亲切会晤

纽约位于美国东北部哈德孙河入大西洋河口区，纽约是美国第一大都市，是金融、商业、贸易和文化中心

美国白宫前的爱丽丝公园矗立着零里程碑，我的旅途将从"零公里"开始

大峡谷西峡属于印第安人保护地，在谷底科罗拉多河上我与印第安裔船工热情交流

炫目的银屏、广告牌，云集的名品店，来自五洲川流不息的人流，纽约时代广场被称为"世界的十字路口"

黄石国家公园大棱镜温泉被誉为"地球上最美丽的表面"，湖面随季节改变颜色，呈现出斑斓的景观

自　序

我是一个业余爱好很广泛的人，读书、摄影、集邮、赏石……都颇感兴趣，尤其对旅游情有独钟。

年轻时曾有过"读万卷书，行万里路"的梦想，直到年逾花甲多年的夙愿才得以实现。退休后的十年里，我踏遍了祖国的山山水水，包括31个省、市、自治区和港、澳、台等，并走出国门，从欧洲开始，一路走过亚洲、非洲和大洋洲，最后到达美洲，先后游历24个国家、76座世界著名旅游城市。如四大文明古国，充满神秘色彩的埃及、印度；地域辽阔的美国、俄罗斯；在世界近代史具有举足轻重地位的德国、法国；享誉世界经典文明和丰厚文化底蕴的意大利、土耳其和奥地利；因水而美，编织绮丽梦境的威尼斯、圣彼得堡和布鲁塞尔、阿姆斯特丹；风光旖旎的新加坡、下龙湾；邂逅樱花绽放的东京……

已故的电影艺术家、我的尊师好友谢添曾在我五十岁生日的晚宴上以倒笔书法题写条幅"乐观长寿"。这四个遒劲有力的大字，成为我人生的座右铭，激励我不能蜗居斗室，要到天宽地阔的世界里游走，拥入到大自然的怀抱里。

一个怀揣梦想的人，才会懂得享受生命，世界是多彩的，行者是快乐的。我在异国异地里走着，好奇地看着路过的风景和与自己擦肩而过的陌生人，迎着晶光耀眼、火一般鲜红、火一般温暖的阳光，心中充满惬意。顷刻间，仿佛世界变得温馨了许多，我如同回到了青年时代，浑身洋溢着热情和活力，我和旅友们一起到险峻陡立的山峦攀岩、登山；在波涛轰鸣的大海里潜水、游泳；在挺立的高山之巅滑翔、跳伞；乘坐热气球飞向蔚蓝的天空，俯瞰一望无际的绿色原野；在广袤无垠的大漠滑沙，驾驶越野车冲沙，在奔腾跳荡的沙海里悬空飞驰，一片沙雾弥漫……行走使我的感官体验达到极致。生命中最美好的时光，永远都在路上，世界上有着数不尽的美景，而我有着永远年轻的心境，在大自然中尽享人生的每一场饕餮盛宴，幸福快乐不言自明。

我在世界顶级的艺术殿堂里徜徉，在见证人类文明和成就的满足之中游走。大都会博物馆的稀世珍宝令我深受震撼；埃及图坦卡蒙的黄金棺、黄金宝座和黄金面具使我感到震惊；佛罗伦萨的米开朗基罗广场的大卫雕像让我留恋；好莱坞环球影城4D动感影院传神的音效令我赞叹不已；悉尼歌剧院金碧辉煌的舞台和荡人心魄的演奏，让我心驰神往，不舍离去……旅游是一部永远读不完的百科全书，是一曲曲旋律优美、娓娓动听的乐章。

环游全球，怡情山水，悠然自得，感天地造物之神奇，叹人类文明之精髓。我愿将在漫长的旅程中沉淀、记载、落墨于笔端的景观故事、各国风情，拍摄的美好瞬间，以及自己的感悟归纳整理，一一呈现给读者朋友们以便共同分享。

隋斌

2017年5月20日

风雪草原上的骏马

色彩斑斓的梦想，惊艳了旅途的时光

目录 contents

大洋彼岸 欧陆风情 …………………… 6

畅享俄罗斯之旅 …………………… 15

意大利比萨散记 …………………… 20

邂逅"袖珍城国"梵蒂冈 …………………… 24

北京猿人故乡周口店纪行 …………………… 29

游成山头感悟 …………………… 35

长寿之乡巴马行 …………………… 42

重游承德避暑山庄和外八庙 …………………… 49

婺源篁岭纪游 …………………… 64

重访西海固 …………………… 70

樱花绽放的国度一瞥 …………………… 77

毗邻国朝鲜纪行 …………………… 86

天绘山水，悠然仙境下龙湾 …………………… 92

郑和航海驻地马六甲 …………… 96

漫步"狮城之国"新加坡 …………… 102

探秘泰国国宝独韵 …………… 109

宗教之国尼泊尔 …………… 114

感受古老灿烂的印度文明 …………… 121

古丝绸之路上的土耳其印记 …………… 128

埃及文明古国之行 …………… 133

大洋洲风情揽胜 …………… 140

旅美掠影 …………… 145

好莱坞环球影城游记 …………… 151

洛杉矶好莱坞巡游礼赞 …………… 156

后记 …………… 168

踏遍五洲情未了

大洋彼岸 欧陆风情

一

　　黎明的曙光揭开夜幕的轻纱，苍穹笼罩在一片微明中，一架南航客机在荷兰首都阿姆斯特丹上空徐徐降落。透过机舱弦窗，可见弥漫天空的层云渐渐散去，朦胧的大地上闪烁着星星点点晶莹的光亮。在飞机上向下鸟瞰，这里的景色是极其壮观美丽的。临近海滩突起的堤坝，像棋盘一样把沃土一档档地划分得非常整齐，条条块块的圩田，变换着珍珠似的绚丽的色彩。

荷兰首都阿姆斯特丹国立博物馆

6

阿姆斯特丹，既是我们抵达欧陆的首站，也是我们八国之旅的终点。荷兰位于欧洲西部，靠近北海，是"低洼地之国"，平均低于海平面1—5米，多沼泽、湿地。局限的国土面积并没有限制勤劳勇敢的荷兰人民，他们向大海夺取良田，闻名遐迩的沃伦丹拦海大坝就是典范。他们将围拢在大坝里的海域，由海湾变成湖泊，逐渐形成淡水湖，从海洋中垦出了大面积低洼地，几经排水后，便辟出了一块块圩田。

在欧洲旅游，最快捷安全的方式莫过于乘坐巴士。此行我们搭乘的巴士的司机是两位捷克人——雷特和凯恩，他们俩年龄之和整一百岁。年长的雷特有瘦削而矫健的身躯，灰白发，长睫毛，眉宇间带着一股勃勃英气。年轻的凯恩，敦实矮胖，黄头发，一副微黑透红的脸膛，他沉默寡言、淳朴可爱。雷特幽默风趣，会说简单的汉语，我们偶尔和他交谈，他大都心领神会，有时听不懂，他会耸着肩，歪歪脑袋做个鬼脸，一时间逗得大家哄堂大笑。凯恩很少说话，但他手脚勤快，每当到达目的地他都会抢先搬运行李。他不喝酒不吸烟，唯一的嗜好是喝咖啡，每到一地他都要买上一小杯浓浓的咖啡，在一边细细地品尝。巴士车设置行车记录仪是欧盟各国严格统一的规定，同时严禁司机疲劳驾驶，因此，一路上雷特和凯恩轮换开车，每隔两小时绝对中途停车休息，让大家去超市购物，他们则为车加油、打扫卫生。由于对景区路况相当熟悉，一路上，我们从未走过冤枉路。

德国的法兰克福很快进入我们的视野，这座欧洲中部摩天大厦林立的大都会，欧盟金融中心，二战期间曾遭受严重破坏，成为一片瓦砾废墟。德国人作风严谨，工作认真踏实，他们工作起来一丝不苟，几乎达到忘我的程度，因而战后经济迅速得以恢复。

法兰克福的罗马市政厅特色建筑——三连体哥特式楼房

大洋彼岸 欧陆风情

TA BIAN WU ZHOU QING WEI LIAO

7

法兰克福圣诞节市场上的故事戏台

在建筑方面,他们追求的质量不是百年大计,而是千年、万年大计。法兰克福的罗马市政厅就是生动的一例。由3座中世纪时期的房屋组成的这座建筑群是法兰克福市政机构和市长的办公之处,其名称源自其中一座名为罗马人的古老的奢华楼宇。楼中的皇帝大厅悬挂着52位皇帝的肖像,整座建筑的维修和新建筑的构建,均出自二战后的建设者手中,楼群的正面墙被统一改为新哥特式风格。

瑞雪纷飞,漫天飞洒,玉屑似的雪沫儿,拉开了西方人最盛大的节日——圣诞节的序幕。2012年,全球气温较低,往年气候温和的慕尼黑也略带着几分寒意。位于市中心的玛丽恩广场披上了节日的盛装,整个广场破例搭设了临时售货摊床,一座金色圣母像伫立于中央大理石柱上,据说是为了感谢上帝保佑慕尼黑未受到三十年战争的灾难而设立的。广场周围店铺林立,商品琳琅满目,人群络绎不绝,热闹非凡。最吸引我们的是口味独特的德国美食。大家兴致勃勃地来到街边的啤酒罐前畅饮啤酒,啃着小牛肉香肠和猪肘,一饱口福。德国面包有甜有咸,香味十足且有嚼劲儿。美食烹饪方法以烤、烩、焖、串烧为主,闻名天下的菜肴举不胜数,游客可一一品尝到位。西欧市场绝对没有假货,这一点印象非常突出,让我们深有感触。

巴士途经风光秀丽的奥地利山城茵斯布鲁克和意大利艺术魅力之城佛罗伦萨。

玛丽恩广场中央的圣母雕像石柱

慕尼黑啤酒节是世界上最大、最古老的啤酒节

佛罗伦萨是意大利文艺复兴运动的发源地,享有"文艺复兴摇篮"的美誉。诗人徐志摩曾赋予该城"翡冷翠"之称,意为"鲜花之城"。每一位来到佛罗伦萨的人,第一选择必定是米开朗基罗广场,站在广场上可以眺望佛罗伦萨市的全景。而最引人注目的是城市象征——大卫雕像。这座5.5米高的雕像,神采坚毅,人体的肌肉比例极为完美,堪称艺术大师的不朽之作,是珍贵的传世艺术瑰宝。

美术学院收藏的大卫雕像

佛罗伦萨是一个颇具绅士格调的城市,是杰出的天才但丁、彼特拉克、拉斐尔等文艺复兴时期奠基人的诞生地,是一座充满和谐与优美的艺术宝库和著名的旅游胜地。

抵达意大利水城威尼斯。威尼斯四面环海,由118个小岛组成,以177条水道和401座桥连接。出门只能徒步或乘船,是世界上唯一没有汽车的城市。"贡多拉"是传统的水上工具。

踏遍五洲情未了

风光绮丽 水运发达的威尼斯

贡多拉

"贡多拉"船形奇特，狭长呈"弓"形，涂着华丽鲜艳的花纹，它那迷人的情调，是来自世界各地游客的梦，难怪有人说："到了威尼斯，不乘'贡多拉'等于没来过。"

威尼斯大运河是市区最大的水道，我们乘坐"贡多拉"平稳快捷地在运河和水巷中摇橹滑行。两岸散布着各色古老建筑，既有文艺复兴时代巴洛克式的宫殿，也有摩尔式的别墅豪宅，更少不了堂皇的巴洛克和哥特式风格的教堂。最让人称道的是威尼斯的房屋建造的地基都淹没在水中，犹如从水里冒出来一般神奇独特。两岸秀丽的风光使我们如痴如醉。

威尼斯桥多但并不雷同，最为人们熟悉的便是诗人徐志摩笔下的叹息桥。桥体封闭连接着总督府和监狱，曾经血腥屠杀囚犯的这座桥，后来因大诗人拜伦的咏叹而被赋予了爱情的含义。如今它已成为见证爱情的地方，无数情侣不远而来祈求婚姻和爱情天长地久。

圣诞节前后，来威尼斯的欧美游客与日俱增，安静恬美、优雅舒适的环境，已成为他们休闲度假的首选。意大利人追求闲适简朴的生活方式，工人们经常三个月才修一个屋顶，到

威尼斯叹息桥

罗马圆形竞技场中央是一个椭圆形角斗场

了周末,所有商店都早早打烊,这样的生活状态,充分表现出他们快乐第一、工作第二的思想。

意大利首都罗马被誉为"欧洲文艺复兴的摇篮"、"永恒之都",从8世纪开始就是天主教世界的中心。罗马就像一座历史博物馆,两千多年的历史积淀蕴含着丰富的历史记忆,东西交汇,南北沟通,形成巨大的文化冲击,堪为人类文化的教科书。

我们首先来到罗马圆形竞技场门前,建于72年的圆形竞技场是古罗马荣耀的象征与标志。站在空旷的竞技场内,我们似乎依旧可以听到两千年前疯狂的观众地动山摇般的呐喊,感受当年那个庞大帝国的历史。而建于315年的君士坦丁凯旋门是为纪念君士坦丁大帝统一罗马帝国而建。整个建筑充满早期罗马艺术的影子,是体验古罗马魅力的绝佳场所。

在罗马古都遗址上矗立着帝国元老院、万神殿和记功柱等世界文明的古迹,这些古迹大多数遭受严重破坏,有的变成了一片废墟但却有着非凡的历史价值。

此外还有文艺复兴时期的古建筑,以及位于罗马市中心的威尼斯广场、西班牙广场等。

由此使我联想起,作为有着悠久历史的中华文明古国,我们国家却很少留下这种千年不朽的建筑。阿房宫、铜雀台不也是流芳千古的杰作吗?然而由于土木建筑不易存留,加之王朝更迭,这些古代中国的杰出建筑,往往被破坏焚烧而毁于一旦,这不能不使人感到极大的惋惜。

二

从罗马经皮亚琴察到达瑞士的卢塞恩,这座中世纪古城以秀湖、奇山著称。梦幻的卢塞恩湖是瑞士中部的重要湖泊,地处陡峭的石灰岩,由融化的冰川形成,湖光相映,风景如画。美丽的湖泊将市镇隔为南北两区,文艺复兴时期的宫廷、宅邸,中世纪的教堂、木桥、塔楼,以及百年老店、长街古巷,比比皆是。以奇、险闻名的阿尔卑斯山是欧洲最富魅力的山景,横亘瑞士中部国土,被世人称为"大自然的宫殿"和"真正的地貌陈列馆"。这天,我们有幸搭乘世界首创的360度旋转缆车,在铁力士山(最美的一段阿尔卑斯雪山)俯瞰奇特的景观:千仞峭壁似天工神斧砍伐一般,剑指蓝天;嶙峋高耸的雪峰此起彼伏,直到天边。山巅冻云低垂、玉蝶弥漫,颇具极地特色。山间遍布着茂密的森林,山谷中却是令人心旷神怡的牧场,而那晶莹剔透的湖泊、泉水则如镶嵌在原野上的宝石。铁力士山冰川公园和滑雪场也是游客的好去处。瑞士人酷爱运动,同时也为保护环境,他们平时上下班骑行脚踏车。节假日,他们便去滑雪场,先进、安全的嬉雪设备、雪橇、雪地车、充气滑雪座是他们运动的绝佳选择。冰雪胜地每年都招徕着四面八方的体育爱好者。

横亘瑞士中南部的阿尔卑斯山

朝曦东升,从卢塞恩向西北方向,我们将穿越阿尔卑斯山,直奔法国首都巴黎,整个行程近700公里,可谓最长的一次行驶,约需7个多小时。阿尔卑斯山在欧洲中部蜿蜒盘旋达1200余公里。从瑞士到法国的这一段风光变化无穷,是最具魅力的一段行程,我们乘坐的巴士将途经百余个山洞隧道,最长的一

"卢浮宫"位于塞纳河畔,为世界五大博物馆之一

凡尔赛宫以其宏伟的宫殿和幽雅的园林艺术闻名遐迩

大洋彼岸 欧陆风情

达17公里。每当你从绵长曲折幽暗神秘的山洞中穿梭而过,心情就会豁然开朗,甚至有一股想亲手摸摸汽车方向盘的冲动。此时扑入你的视野的是一眼望不到边的茫茫林海,一往情深的黛绿色,高耸挺拔的云杉……地中海松抹着一层层淡淡的云烟交错分布着,就像阵前整装待发的士兵!我感到夙愿已偿般的欢悦,一股暖流进入胸中。

巴黎是个充满蛊惑色彩和耀眼光辉的城市,古老美丽的塞纳河将市区分为左右岸,左岸是文化艺术圣地,右岸为金融贸易商业中心。著名作家海明威称赞巴黎是一席流动的盛宴,如今,我们终于幸运地品尝到了这流光溢彩的美味佳肴,喜不自禁地步入世界最大最古老最著名的博物馆——卢浮宫的殿堂。

卢浮宫整体建筑呈"U"字形,分为新老两部分,分别修建于法国国王路易十四和拿破仑时代。馆内显赫的金字塔形入口的设计,出自华人建筑设计大师贝聿铭之手,华夏儿女为此引以为豪。展馆共展出四十余万件珍品,分别在11个展厅展出,其中名作有被誉为世界三宝的《米洛斯的维纳斯》雕像、《蒙娜丽莎》油画和《胜利女神》石雕。

蒙巴纳斯大厦是法国第一高楼,同时也是欧洲第一座楼顶高度超过两百米的建筑物,我们参观56层大楼,仅用38秒就登上了196米高的顶层。此刻,

巴黎圣母院因雨果的同名小说而声名显赫

天气晴朗，万里无云，当我们站在专供游人观光的平台上，视野开阔，巴黎市区的景色一览无余，闻名遐迩的埃菲尔铁塔、凯旋门、香榭丽舍大道，还有协和广场、戴高乐星形广场……尽收眼底。此时，用"震撼"一词形容我们激动的心情，再贴切不过。

巴黎作为世界的风情浪漫中心，有着悠久的历史和丰富的内涵，如花般的自然风光和厚重的人文古迹令人激情神往，感觉不虚此行。巴士在高速公路上有节奏地奔驰着，途经欧盟首都布鲁塞尔，短暂休息后，奔往阿姆斯特丹。

北海，泛荡着一层层的碧波，再次欢迎着远方来的客人。当天中午我们去参观扎达姆风车村。古老美丽的风车村位于阿姆斯特丹近郊，村子里的古老建筑保留了十七世纪以来荷兰的传统生活原貌，生动而真实。这里有古老的木鞋厂，香甜的奶酪作坊以及上百年的老店杂货铺。站在村头放眼望去：一张张棕黑色叶片的风轮，架在一座座旧式碾房的基座上，从车台到风叶都彰显设计制造的精美独特。荷兰被称为"风车之国"，可见其在国计民生中的突出作用。

我们又登上南航的客机，返回祖国首都北京。

再见了，阿姆斯特丹，起航，一路顺风！

荷兰被称为"风车之国"，风车已经成为荷兰的象征

畅享俄罗斯之旅

克里姆林宫墙外,红场与莫斯科河中间是著名的圣瓦西里大教堂,被誉为全俄最美建筑

乘着中俄两国"国家年"和"旅游年"的和煦暖风,我们踏上了这块熟悉的热土。应该说俄罗斯之旅是一次极富浓重文化色彩的惬意旅程,而首都莫斯科和北方大城圣彼得堡理应成为首选。

著名的克里姆林宫

俄罗斯是一个多元汇聚的国度，这里不仅有来自不同地域的民族元素，更有不同领域的文化瑰宝。这个伟大的民族极易接受外来文化，充实补充自己。早在1485年，沙皇伊凡三世就从意大利请来工程师建造红砖围墙，为克里姆林宫奠定了基础。从此，克里姆林宫成为历任国家领导人的办公地点，同时作为世界遗产，成为俄罗斯第一观光胜地。

红场南北长697米、东西宽130米，比起天安门广场要小得多，然而它却有着自己的特点。地面全部用青石砖铺砌，虽有陡坡，却一直是巡礼地，节庆日重大的阅兵检阅式均在这里举行，红场建筑群犹如铜墙铁壁坚不可摧。令人信心倍增，深受鼓舞。

当今的俄罗斯领土上，既有苏联富有政治色彩的"正统"观念，又同时笼罩着不同的宗教习俗气氛。每逢宗教庆典仪式，克里姆林宫内的主教就从主教宫走出来，穿过救世主塔门，到红场南端的圣瓦西里教堂举行弥撒。此时，莫斯科信奉东正教的市民会蜂拥而至，虔诚地接受赐福，红场上到处是祈祷声中的人流，这种仪式逐渐成为传统。

位于红场中心位置的红色大理石建筑为列宁陵寝。除每周一、周五例行关闭外，都会对公众开放，人们可以排着长队，瞻仰马列主义伟大导师列宁的遗体。令人感到荣幸的是我们终于等到机会，可以排队前往瞻仰。进入大厅，

位于红场中央的列宁墓

沙皇炮

普希金与18岁妻子冈察洛娃的雕像

　　这里庄严肃穆，我凝神屏息地望着领袖安详地卧于水晶棺内，肤色依旧如初，面容红润慈祥，彰显出坚毅、凝重的神色，给人留下难以忘却的记忆。

　　克里姆林宫高耸的城墙内布满一处处华丽的教堂、宫殿、塔楼和广场，融汇了欧洲典雅的设计成果，圣瓦西里大教堂与红场串联成一首激昂的交响曲，成为全球最优美的建筑群之一。这里要重点提及圣瓦西里教堂，它是独一无二的建筑大观，令人流连忘返。

　　这一宏伟建筑群的装饰技法不仅采用俄罗斯本土"重复元素"的技巧，也融入了西方拜占庭建筑元素，彰显多元汇聚的文化特色。在结构上，以四方形交叠构成平面基础，在这一基础上，建起大大小小的塔顶并冠上洋葱型圆顶，从任何角度看上去都是独特的风景，还伴有童话般的梦境色彩，为俄罗斯这一严寒的国度增添了温暖如春般的盎然生机。

　　位于北方大城圣彼得堡的国家艾尔米塔什博物馆（又称冬宫），更是一处不能错过的人文景观，它融入了深刻的文化色彩，是全俄最大的博物馆，和大英博物馆、纽约大都会艺术博物馆以及法国卢浮宫、北京故宫博物院并称为"世界五大博物馆"。博物馆内展出有西欧各国不同时期的版画、油画。其中最引人注目的上乘藏品当属达·芬奇的名作《柏诺瓦的圣母》和乌冬的雕像作品《伏尔泰的坐像》。

陈列在冬宫的著名的爱神雕塑

　　在圣彼得堡与冬宫齐名的景观还有坐落于芬兰湾旁的彼得夏宫和融合了花园景观与宫殿建筑的皇室度假胜地——叶卡捷琳娜宫，又称沙皇村。

夏宫又称"彼得宫",园内的喷泉与镀金雕塑是一大特色

彼得夏宫,不但展现了宫殿建筑、花园景观的静态艺术美,更有由数十座喷泉和金色雕塑所构成的艺术美。

占地102公顷的叶卡捷琳娜宫是两位女皇统治时代完成的佳作,明显具有女性沙皇统治时期的特点。它是由彼得大帝的女儿伊丽莎白女皇兴建的,是极尽奢华的巴洛克式建筑。后来,经叶卡捷琳娜二世将原有建筑及装潢修改成俄罗斯古典主义建筑,全部使用大量纯金装饰内、外观,尤其是琥珀厅,使用大量琥珀镶嵌而成,可谓奢华气派之极。

圣彼得堡水运发达,素有"北方威尼斯"之称。贯穿全城的涅瓦河是通往波罗地海和芬兰湾的唯一通道。圣彼得堡市与150多个国家保持着通航和贸易往来,全城90条水道总长27.5公里,有桥梁580座。为了使商船便利通航,涅瓦河上形成了一道亮丽的风景大观,引人入胜。

夜半,繁星阵列,万籁俱寂。当晨钟于午夜一点半敲响的时刻,涅瓦河沸腾了,河上架设的大大小小的桥梁一齐启动。随着阵阵响声,只见敦实坚固的桥墩间,一块块

叶卡捷琳娜宫(外貌)

叶卡捷琳娜宫(内景)

活动的桥板，宛如奔马扬起前蹄，整个桥板迅速掀开，河水哗哗流淌，飞溅起晶莹的水花……此刻放眼望去，只见数以百计的桥张开翅膀，呈"八"字形或"一"字形摆开桥面，串联起无数灯火，景色分外妖娆。一队队载满货物的商船在开启的桥中间穿梭往来，它们或是驶向芬兰湾、波罗的海，或是驶入大奥赫特桥畔，等待装卸货物……这样的盛况

位于圣彼得堡十二月党人广场的彼得大帝"青铜骑士雕像"

一直持续到凌晨五点关桥为止。滚滚奔流的涅瓦河，洪波汹涌，它吸纳的不仅是来自上游秋天的洪水，还有奔袭而来的历史和文化浪潮。圣彼得堡是俄罗斯通往北欧和西欧的窗口要塞，波罗的海的海风也将欧洲乃至世界的思想、悲哀、欢乐一齐带进来，传出去。

黄昏的涅瓦河风光

踏遍五洲情未了

意大利比萨散记

比萨大教堂广场又被称为"奇迹广场"

　　意大利托斯卡纳省的一座无名小镇，却因垂垂欲倒的比萨斜塔闻名遐迩，享誉全球。2012年圣诞节前夕，我同一位熟悉西方宗教文化的友人去比萨。路上，他津津有味地讲述比萨的传说故事，引起我极大的兴趣，期待一睹它的倾斜容颜。

　　传说中世纪古罗马时期的比萨国王爱做海市蜃楼般的梦境。梦中，他看见白色圆柱形的钟塔，犹如一把利剑，刺向深邃的苍穹。天幕下面，浪涛翻滚，天堂里弥漫着蒸腾的白雾，鼓乐声中，美女如云，翩翩起舞。于是，国王激动地宣布要筑造梦幻中的钟塔。他请来了著名的建筑师布斯卡托·皮·萨诺设计了钟塔、教堂和广场一组建筑群。

　　迎着刺骨的西北风，我俩来到大教堂广场。只

比萨斜塔被称为斜而不倒的世界建筑史上的奇迹

见白色的钟塔披着金色的霞光，倾斜地矗立在我们的面前。头顶上是蓝天白云，脚下是耀眼的冰雪，那白白的塔壁，纯净，庄严。钟塔倾斜着，好像有一种神奇的魔力向你压来，又好像是上帝施展了万能的法术，将它顶住，丝毫没有撼动。那上下八层、纤巧精致的塔身，那层层饰有纹饰的廊柱，轮廓明快而又清晰。那塔尖悬挂着的圣母领报大钟，狂风一吹，发出悦耳的钟声。

　　钟塔于1174年破土动工。初期它还是笔直向上的，当建到第三层时，由于地层淤泥冲击造成土层强度差，加之塔基只有3米深，不能承受大理石砌筑的塔身重量，塔体开始倾斜，工程被迫停工。一直到96年后，比萨人邀请专家迪·西蒙内进行实地勘察测算，结论为塔身以每年1.25毫米的倾斜度向南方倾斜，但无坍塌之忧，于是决定继续施工。

意大利比萨散记　TA BIAN WU ZHOU QING WEI LIAO

比萨圆形的洗礼堂和大教堂、钟塔构成了一组世界闻名的建筑群

教堂内反映耶稣生平事迹的绘画

与此同时,工程采取了一系列补救措施。1350年,整个工程竣工,历时176年,经测量塔顶中心已偏离垂直中心线2.1米。迄今为止塔顶中心已经偏离中心线达5.23米,其"斜而不倾"的现象,堪称"世界建筑史上的奇迹"。

位于斜塔前方的比萨大教堂,是为纪念比萨城的守护神圣母玛利亚而建,它是古罗马教堂建筑的典范,是意大利著名的宗教遗产。

我的那位朋友在前面带路,他一边观赏,一边仔细向我介绍。苍松掩映的教堂庄严肃穆,外观虽古旧却很神圣。大教堂呈长方拉丁十字形纵深,正中为中堂,两边是耳堂,两堂相交处为一椭圆形拱顶所覆盖。教堂内幽暗恬静,诵经堂整洁大方。大堂用轻巧列柱支撑着木架结构的屋顶,入口处有3扇大铜门,花玻璃窗上绘有讲述圣母和耶稣生平事迹的绘画。大门上方是几层连列券柱廊,以细长圆柱的精美拱图为标准,逐层堆叠为长方形、梯形、三角形,布满大门正面。教堂外墙和石阶用红白相间的大理石砌筑,色彩靓丽,具有独特的视觉效果。

我们返回大教堂广场，又称奇迹广场。整个广场全部采用大理石筑砌，带给人们宏伟壮观的感觉。极目望去，耸立的罗马建筑群——大教堂、洗礼堂和钟塔，像一座白色城堡，在寥廓无垠的天宇逶迤绵延，那雄伟壮观的气势顿时使人心境开阔。

教堂内描述圣经故事的绘画

比萨斜塔除了因自身倾斜而闻名于世外，更为引人关注的是，1590年，著名物理学家伽利略曾在塔顶将2个重量相差10倍的铁球同时抛下。这一自由落体运动实验，推翻了古希腊学者亚里士多德的"物体下落速度与重量成正比"的理论，开创了物理学的新时代，从而使比萨斜塔更加声名显赫。

比萨是一个有故事的城市，它聚集了全世界的目光。可能是一切都太中规中矩了，于是白色的钟塔犹如一根玉柱斜插于半空之中，演绎了一种离奇别样的风情，那独特的文化总萦绕着一股特殊的魔力，令人留恋，令人神往。

我们将永远记住意大利比萨这座城市以及城市中的比萨斜塔这座古迹。

物理学家伽利略的自由落体运动实验

踏遍五洲情未了

邂逅"袖珍城国"梵蒂冈

梵蒂冈圣彼得广场

　　如果说世界是一个群芳争艳、绚丽多姿的大花园，那么梵蒂冈就是这个花园中一朵呈放异彩的奇葩。

　　梵蒂冈位于罗马城西北方，总面积只有0.44平方公里，而总人口更是少的可怜，全国只有一千多人，拥有护照的公民只有几百人，是目前世界上最小的独立主权国家。

邂逅"袖珍城国":梵蒂冈

圣彼得大教堂建筑在圣彼得殉难处,是世界最大的天主教堂

　　仅有弹丸之地的袖珍国,却是世界上唯一的天主教教皇国,它的国旗呈正方形,白色旗底中绘有教皇保罗六世的皇徽:黄白两色是圣彼得(《圣经》中耶稣十二门徒之一)的两把钥匙的颜色,代表了最珍贵的两种金属——金与银。教皇的皇徽是至高无上的地位的象征。

　　梵蒂冈意为"先知之地"。4世纪,教皇罗马耶稣门徒圣彼得殉难处,建起了圣彼得大教堂,成为天主教庆典的场所。756年,法兰克王把罗马城及周围区域赐给教皇,于是在意大利中部神奇地出现了教皇国。1870年,意大利统一,教皇被迫退居梵蒂冈宫。1929年,意大利国王同教皇谈判签约,承认梵蒂冈为政教合一的主权国家,其神圣领土不可侵犯。

　　我们旅行团在罗马参观后,非常荣幸地被允许进入这个国家——罗马的城中之城。除了圣彼得广场外,梵蒂冈同其他地方都由中世纪的城墙围起来,可谓是地道的"围城"。

墙外有手持长矛的卫兵把守，戒备森严。我们无须再查验护照和签证便顺利地排着长队进入梵蒂冈国境。这个袖珍国给我留下深刻印象的是圣彼得广场、圣彼得大教堂和梵蒂冈博物馆。

我们首先来到圣彼得广场，这是17世纪巴洛克式建筑的代表作。广场周围成半圆形的长廊，由4列共284根多利安式圆柱围拥，它的上方排列着142尊高达3米以上的大理石雕像，他们都是罗马天主教会历史上的殉道者，正中为耶稣，旁边为第一、第二门徒（彼得为第一门徒，保罗为第二门徒）。广场中央矗立着从埃及运来的高25.5米、重达320吨的方尖碑，据说圣彼得就是在这里被倒挂在十字架上处决的。广场左右两旁为喷泉，站在喷泉之间仰望长廊的圆柱，视觉有明显的透视效果。

圣彼得大教堂位于广场西南方，是文艺复兴时代的产物。波澜壮阔的文艺复兴运动留下了无数影响至深的历史痕迹。大教堂是1626年竣工的，旷日持久地经历了120年的时光。圣彼得大教堂呈长方形，十字架结构，体现了对耶稣受难的深切同情和敬佩，带给人一种气势逼人的美感，其内部装饰华丽丰富，许多艺术大师的杰作让人震撼不已，不愧为一座艺术宝库。米开朗基罗塑造的圣母怀抱死去的儿子耶稣的动人形象感人至深，她眼神中所流露出的悲伤令观者潸然泪下，如同看到了天下平凡母亲深情慈祥的面容。贝尔尼尼精心设计的青铜华盖和圣彼得宝座令人拍案叫绝，青铜立柱那5层楼房的高度

教堂内布满文艺复兴时期艺术大师的杰作——壁画、穹顶画和镶嵌画

及华盖上永恒闪亮的99盏长明灯，让人赞叹不已。华盖下方的宗教祭坛和圣彼得的坟墓是教堂的圣地，在大厅的中心，青铜材质的宝座彰显了它独一无二的尊崇地位。

圣彼得大教堂最为引人瞩目的是由米开朗基罗设计的高达132.5米的巨大圆顶，抬头仰望教堂正中的大拱形穹顶，"天似穹庐"的感觉油然而生。圆顶不仅对于这个教堂，对于整个罗马都具有制高点的意义。如果登上教堂的顶部，罗马城的全景尽收眼底。

圣彼得大教堂历经岁月沧桑，积淀着历史的意蕴，显示出光焰无际的尊容。

教堂正中的大拱形穹顶由米开朗基罗设计

教皇祭坛采用贝尔尼尼设计的青铜华盖覆盖，旁边为长明灯，下方为圣彼得的安葬地

踏遍五洲情未了

梵蒂冈的国境线,中世纪的围墙

梵蒂冈博物馆位于圣彼得大教堂北角,其前身是一座教皇宫廷。作为世界上最早开设的博物馆,梵蒂冈博物馆早在5世纪末就已具备雏形,馆藏品浩如烟海,傲视欧洲。置身于梵蒂冈博物馆中世纪隆重的豪华气息层出不穷。罗丹、米开朗基罗、拉斐尔……无数云端绝顶的名字——落实在博物馆中。人们可以直面珍稀艺术精品并从中品味隐含着的博大精深的历史精髓。

歌德曾说:"没有到过西斯廷礼拜堂的人无法了解一个人所能做的事。"梵蒂冈西斯廷教堂和拉斐尔画室是梵蒂冈博物馆镇馆之宝,而另一个杰出的人——米开朗基罗曾用毕生经历写就了梵蒂冈的神话。

博物馆内分为12个陈列馆,5个艺术长廊藏品包括古希腊、古埃及、文艺复兴以及现代艺术品,其中有希腊雕刻群像《拉奥孔》、古罗马时期的《观景台阿波罗》雕像以及米开朗基罗的《创世纪》《最后的审判》等无与伦比的艺术珍品。

参观梵蒂冈博物馆是一次醇美的朝圣之旅,那些价值永恒的艺术珍品凝聚了全球的圣洁与神奇。

北京猿人故乡周口店纪行

夏秋交替的季节，一次偶然的机会让我来到周口店北京猿人遗址参观，它坐落在北京西南48公里的房山区周口店村的龙骨山上。

远远望去，龙骨山西北云雾缭绕，群山环抱，蜿蜒起伏似蛟龙腾空。到了山里，这

北京猿人生活在距今70万至20万年前的周口店地区，过着以采集为主、狩猎为辅的穴居生活

条山沟曲曲弯弯,长约十里左右,到处是枝繁叶茂的树林,在阳光的辉映下,层林尽染,郁郁葱葱。东南方沃野千里,方条田园整齐排列,万绿丛中点点缀红……

过去多以烧石灰为生的周口店居民,曾在山上的洞穴里发现不少骨骼,他们以为是中药里面的"龙骨",于是称山洞所在之山为"龙骨山"。在这片约20万平方米的土地上,发现化石遗址和文化遗址多达23处,其中第一地点、第四地点和第二十七地点最具考古和历史价值,众多具有考古价值和文化遗物均出自于此处。

周口店北京人遗址坐落在北京城西南的周口店龙骨山

距今70万至20万年以前，山上有一个巨大的天然洞穴，东西长约140米，南北宽2.5—4.2米不等，是北京猿人的栖息地，称为猿人洞，又称"北京人之家"。他们先后在洞里繁衍生息40余万年，遗留下他们吃剩的残余食物和用过的器具，还有遗骸。后来这个洞被塌方的泥沙和崩落的碎石掩埋，直到1921年被一位叫安特生的瑞典古生物学家所发现。

1929年，中国古人类学家裴文中首次发现了北京人第一个头盖骨化石，引起轰动。经测定，它距今绝对年代不少于69万年，其地质年代属更新世中期。

北京人狩猎归来

中华人民共和国成立后，对周口店又进行过多次大规模发掘，在第一地点挖出人类化石且较完整的头盖骨5具，头骨碎片9块，面骨6块，下颌骨15块，牙齿152颗及断裂的股骨和腕骨等，分属40多个男女老幼个体。早在20世纪20年代末，许多国家的学者就曾提出"北京人"的概念，翻译为"中国猿人北京种"或称"北京猿人"简称"北京人"，属于从古猿进化到智人的中间环节的原始人类。从裴文中发现的第一个头盖骨起，这一学说概念获得确认。

北京人打制石器

北京人采摘野果

踏遍五洲情未了

1921年发现的北京猿人遗址埋藏着丰富的文物

北京猿人在洞里群居达40多万年

　　我怀着浓厚的兴趣直奔猿人洞去看个究竟。走进洞口，只见怪石嶙峋，青松倒垂，翠柏横卧，把整个洞口遮掩的严严实实。洞口呈穹形，几乎可容纳四五个人挽臂同行，走进去，仿佛到了一个大厅，宽敞明亮，洞顶的天然孔洞似开了几扇天窗露出湛蓝的天空。周围是石壁，头上石顶很高。洞穴又有多个小洞，其中一个通向山顶的树林，洞外有一股淙淙作响的泉水，缠绕着崖壁，顺流而下。还有一个漆黑的洞，冷风飕飕，深不见底，石壁上残留着火燎烟熏的痕迹。据推算，"北京人"男性身高为156厘米，女性身高150厘米，平均寿命短，68.2%的人死于14岁之前，超过50岁的仅占4.5%。多年来，在猿人洞还清理出100多种动物化石，10万余件各种石器，以及至今仍保留在洞穴中的几处灰烬层。他们的生活、生产方式，主要以狩猎和采摘野果为主。旧石器时代的人类，能制造工具，加工石器如石斧、石刀等，这些本领使"北京人"能够适应周口店地区自然环境的变化，防备风暴、雷电、山洪的袭击，抵御天敌——剑齿虎、犀牛和野狼的伤害。在漫长的岁月里，北京曾出现过温暖湿润和寒冷干燥的气候。其间发生过至少一次"间冰期"，生存环境之艰辛可想而知。值得庆幸的是，他们懂得了用火，不但能取暖度过严寒，且具有生火烧烤或煮食物的智慧，熟食使大脑得以进化，发展进入智人阶段。在第四地点获得石器和人类用火的燃木、烧石的灰烬层及动物化石。

1933年在周口店又发现了距今5万—2.7万年前的古人类化石。因遗址靠近龙骨山山顶，故称"山顶洞人"。他们属于北京猿人后裔，外貌体征已和现代人基本相似，尤其是智能发达，居住

北京猿人的头盖骨化石

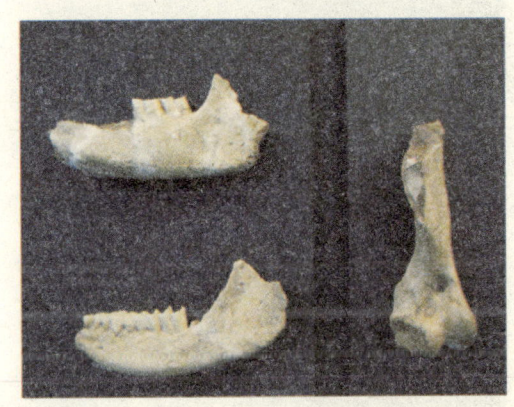

北京猿人的下颌骨、股骨化石

山顶洞人的头盖骨化石

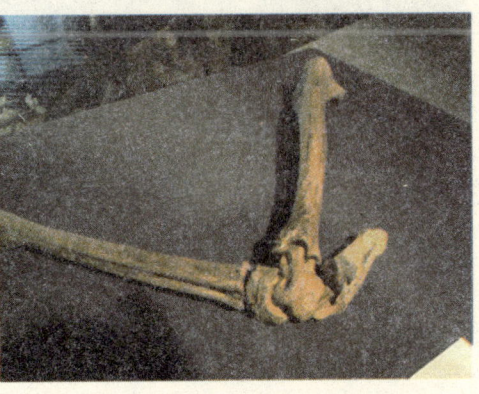

山顶洞人的股骨、腕骨化石

地集中于龙骨山东部,丧葬地带则在西部。山顶洞是北京人居住最高的洞穴,洞顶和大部分顶壁已被去除。在这里共出土3具古人类头盖骨及盆骨、股骨等;同时出土的还有石器25件,磨光的鹿角和骨针,穿孔的贝壳,动物的牙齿,河卵石(造型独特、图案清晰)、石珠和骨雕制品。这说明山顶洞人已初步懂得审美和装饰打扮自己。1987年,遗址被联合国作为文化遗产列入《世界遗产名录》。周口店北京人遗址雄辩地阐明了人类进化的理论,展示了璀璨的中华文明,奠定了中国在世界古人类研究领域的领先地位,令世界瞩目。

山顶洞人在距今5万至2.7万年前的居所

游成山头感悟

阳春三月是踏青旅游的好时节,此行我的目的地是山东威海的成山头,一个我向往已久,充满魅力的地方。它风光绮旎,是中国大陆伸向黄海的最东端,也是中国最早看到海上日出的高角。追溯历史,秦皇、汉武曾多次东巡成山头,拜日神、月神,寻找长生不老药……在这里,自然和人文景观交织在一起,谱写成一个"东方神话的源地"。

奔腾翻卷的海潮向着大陆伸向黄海最东端的成山头,雷霆万钧般袭来

踏遍五洲情未了

　　年轻时我曾有过"读万卷书，行万里路"的梦想，如今我虽年逾古稀，但对祖国的名山大川、名胜古迹仍一往情深，痴迷如故。威海成山头被《中国国家地理》杂志评为"中国最美的八大海岸"大陆第一名。我曾去过东部沿海二十余个城市，有过多次游山观海的经历，但是看到如此绚丽多彩、惊艳动人的山海景观还是第一次。

　　百闻不如一见。当我来到成山头，登上观看海上日出的高角——好运角，极目一望，嶙峋壁立的山崖斧削一般拔地而起，伫立于天宇，与大海横截对峙，气势磅礴如玉柱撑天；岩壁平整光滑，宽广似一平台，地面现已砌上石砖。向崖下俯视便是碧波万顷的大海，天光海色浑然相融，碧波荡漾，层层叠叠，铺向水天一色的尽头。霎时，起风了，平静温柔的海面忽然变得浊浪滔天，凶猛地撞击着礁石，筑起一道陡峻如墙的波峰，咆哮着，发出雷鸣般的响声。后面一排恶浪紧跟着追逐上来，奔腾呼啸，如同千军万马般席地而过……

千古一帝——秦始皇

36

千古一帝秦始皇兼并六国，完成统一大业后，于公元前219年和公元前210年两次，以六百黄门侍郎、六千虎贲军、六万精锐兵卒做护卫，车轮滚滚，旌旗猎猎，奔赴成山头。秦始皇发现这里地理位置独特，景观异常，气氛神秘莫测，便确信是日神居住之地。受天圆地方一说的影响，他把这里称为"天尽头"。史书记载"始皇逐东游海上，行礼祠名山大川及八神求仙人羡门之属"。

精锐的护卫部队车轮滚滚，旌旗猎猎

秦始皇顶礼拜谒，求神灵护佑，梦想摆脱生老病死，使江山万古长青，与日月同辉。他还在此地留下石刻，由丞相李斯手书"天尽头秦东门"，并留下了全国唯一一处始皇庙以及"秦桥遗址"、"秦代立石"、"射鲛台"等。

始皇庙

秦代立石

射鲛台

踏遍五洲情未了

秦丞相李斯隶书 "天尽头"

一代雄主汉武帝步其后尘，出于对持久权力的迷恋和对极欲生活的渴望，也热衷于"求仙访道"，寻求"长生不老"之术。汉武帝不辞辛苦，千里迢迢亲自来到成山头祭祀日月二神，祈求神仙显灵，然而终未成正果。由于他们违背科学规律和自然法则，这些帝王将相崇尚一些虚无缥缈的传言，他们的追求与梦想必将化为泡影，成为"南柯一梦"。

历史是一面镜子，它为我们上了生动的一课，我们将以此为戒，吸取历史教训，更好地以唯物论、辩证法和科学的发展观为理论基础，与时俱进，反复实践，这才是识别真理与正确行动的唯一途径。

汉武帝与群臣祭祀日月二神

38

夕阳西沉，时近黄昏，虽说我游兴未尽，但也只好找地方休息。小镇布满朴素而整齐的房屋，显得特别恬静美丽。公路从东面的东天门外一直伸展到西边的观海路海滩，逶迤十余里，形如一弯新月。路边沿线满是"渔家乐"和小宾馆、小旅店，称得上最美休闲乡村。

我住的这家"渔家乐"店主叫王东东，是一位勤快能干的中年妇女。客房宽敞明亮，打扫得干干净净，楼上楼下两层，可同时接待十几个人吃、住，价格经济实惠。没多大功夫，他老公（也姓王）骑摩托车从30公里外的西霞口赶回家中。他身体魁梧，脸色黝黑，一副憨厚质朴的样子，还有点企业家的风度。一阵阵炒菜的香味儿从厨房飘过来，使人感觉无比温馨。晚餐上的菜除了我爱吃的炒土豆丝和麻婆豆腐，老王又端上一盘红烧刺参，说："这是场里自产的刺参，尝尝。"只见盘中的刺参，个个滋润饱满，红光闪闪，香味四溢。我夹一块放入嘴里，哦，好鲜！老王夫妇和我坐到一桌，我们像一家人似的边吃边聊。

新建的成山头园区景观

原来老王一家是坐地户,祖辈皆是渔民,以前租用渔船以深海捕捞为业,一年有3个海季在外漂泊,风吹日晒十分辛苦。近些年,海洋鱼类日趋减少,收益很不稳定。随着改革开放深入,农村经济优惠政策落实,老王投资联办野生刺参繁育基地,并先后通过无公害产品、产地认证,有机食品认证,产品远销外地,企业越办越红火。

老王夫妇讲述的故事,我觉得不过是许多普通人的普通事,他们的经历如同大海中的一滴水。然而正是这一滴滴水,汇成一股大潮,其势不可阻挡,为实现中华民族伟大复兴的"中国梦"汇成正能量和动力源。

交谈中,老王知道我祖籍山东,倍感亲切地邀我次日早上一起看海上日出。鸡叫了,天还没亮,我睁开惺忪的睡眼急忙起床。虽说到了草木萌生的春天,然而北方的天气仍会乍暖还寒。一阵凉风吹来,我浑身有些发抖,老王急忙给我披上军大衣,我俩手拉手,深一脚、浅一脚地攀爬到山顶高处,我拿出照相机,向远方海上眺望,准备拍摄海上日出。

深邃微白的天空中散布着几颗眨眼的星星,苍穹笼罩在神秘的微明之中,海上渐渐

观海上日出的高角——好运角

现出一片柔和的鱼肚白。稍倾,一道红的闪亮的抛物线一直往天上冲,闪电般地向四野八方散射,寂静的大海从睡梦中惊醒,熊熊燃烧了起来,一轮比火更红更艳的太阳衔着水渍,冉冉上升。瞬间,整个大海披上了金色的光芒,碧涛映照红霞,银浪掩住金沙,晨雾卷起轻纱,云霓穿着五颜六色的衣裳翩翩起舞……成山头真是个有灵气的地方!

　　沐浴着火红的朝阳,我踏上了西去的列车,向成山头挥手告别。短暂的经历使我回味无穷,感触万千,我仿佛走过了两千年的路程,那些历史情景一幕一幕地在脑际里翻滚涌腾,希望它永不消逝。

　　成山头是一道风景线,是一部教科书,启迪人们感悟人生的曲折艰辛,见证了时代的跌宕起伏。

成山头海上日出的绚丽美景

长寿之乡巴马行

广西巴马是人与自然和谐相处的抒情诗,是最适宜人居的最佳休闲养生之地

　　清明前夕,有幸去巴马出游踏青,所见所闻受益匪浅,愿与老年朋友共识长寿养生的秘诀,共享快乐人生。

　　巴马瑶族自治县位于广西西北,总面积1971平方公里,总人口26万,地处亚热带季风气候区,温暖多雨,地势山多地少,素有"八山一水一分田"之称。

1991年11月，在日本东京国际自然界医学会第13次会议上宣布：巴马为世界第五个长寿乡。2003年，巴马被授予"世界长寿之乡"称号，达到国际认定标准：每10万人口中有7位百岁以上老人。当时，巴马26万人口中，有76位百岁以上老人，相当于每10万人有30.98位百岁以上寿星。其他四个长寿之乡是苏联外高加索、巴基斯坦罕萨、厄瓜多尔比尔卡班巴以及新疆和田。1964年第二次全国人口普查，巴马有百岁老人28人；1982年第三次人口普查，巴马有百岁老人50人，占全县总人口的2.06/10000人；1990年第四次人口普查，巴马已有百岁寿星69人，占全县总人口的3.08/10000人；2012年经中国老龄科学研究中心联合实地调查，巴马有百岁老人81人，占全县总人口的3.58/10000人。巴马不愧为中国的骄傲、世界的骄傲，五湖四海都能感受到上天赐予巴马的神奇。

巴马百摩洞，是天然氧吧，洞内露天部分植被繁茂，阳光充足，是游人享受负氧离子最高的地区

从历史上看,巴马人的长寿现像源远流长。清朝初年,同属河池市区域的宜山永定县,有一位瑶族老人名叫蓝祥,年龄142岁。他亲历康熙、雍正、乾隆、嘉庆四朝,嘉庆帝为其题词祝寿,赞曰:"烟霞养性同彭祖,道德传心问老聃。"光绪戊戌年,皇帝钦命广西提督冯子才为巴马那桃乡寿星邓诚才题赠牌匾"惟仁者寿",至今仍保存于世。

我怀着探索老人长寿奥秘的目的,踏上了这段旅程。一场春雨过后,天气格外晴朗,乘车从南宁安吉高速路口进入南宁—百色高速公路,经过约4个小时的行程,当看见路边竖立的大石头上刻着两个道劲的大红字"寿乡",哦,巴马,到了。

广袤深邃的的原野显得异常静谧,不远处筑着一座清秀玲珑的石板桥,桥下一泓泉水哗哗地流淌,这是指定饮水区。大伙如急滚雪球似地跑下去取水,我边喝水边欣赏美景。山野的空气中弥漫着扑鼻浓郁的香气,仿佛步入绿色宫殿,百摩洞里无数枝繁叶茂盘根错节的亚热带植物茁壮生长,一种叫桫椤的蕨类植物,据说是侏罗纪远古生物活化石,边缘像锯齿般的卵形叶子密密茂茂,茎高而直,挺拔向上……巴马无地不美,一山一水、一草一木都生机盎然,散发着热烈的气息,令人陶醉,心情舒畅。巴马之美,美在神奇的生态环境与长寿文化的和谐共处,难怪被人们誉为"遗落人间的一块净土"。长寿村——巴

风光绮诡的巴盘屯,远近闻名的长寿之乡

盘屯是我此行的主要目标。巴马县甲篆乡平安村巴盘屯，全屯500多人，百岁老人多达6人，是国际上"世界长寿之乡"标准的近200倍。

风光旖旎的巴盘屯坐落于离县城20余公里的地方，绿波荡漾的盘阳河环屯而过，宽阔的河面烙上了绿树青山、繁花奇葩的倒影；背后云雾缥缈、绿茵遍野的狮子山若隐若现，峰壑争秀的山村掩映于茂林翠竹之中。盘阳河上架着铁链板桥，承载着来往人流的踩踏，摇来晃去。从村口远眺，再也找不到茅檐泥壁的农舍和鸡鸭喧闹的院落，村民富裕了，一排排五层、六层楼阁依山而起。

巴马男性寿星黄卜新老人，1901年生，已是112岁高龄

我前往探视拜访的是黄卜新老人，他是屯里唯一一位男性寿星，壮族，1901年生，已是112岁高龄。

黄家是一幢六层阁楼，三楼是待客的一间较为宽敞的房间，陈设古朴风雅，迎门立着雕花装饰的屏风，花花绿绿的图案上画着硕大的寿桃。东墙挂着"黄室先祖纪念位"的锦屏，西墙上悬挂着领导同志会见老人的照片和黄家的全家福。

黄卜新老人看见我们进来，急忙从红木沙发上起身，微笑着点头。老人个头不高，消瘦的身材，腰板硬朗，面色红润，显得精神矍铄。他早年参加红军，后务农。老寿星不善言谈，听力有些不好，交谈时十分腼腆，当问及他的长寿秘诀时，他只是不住地点头，还示意坐在小板凳上的儿子黄忠胜（84岁）替他作答。长期的体力劳动使他养成了闲不住的习惯，他手脚麻利，挺有力气，105岁时还能上山砍柴，直到村里安上沼气，他才作罢。老寿星知足常乐，性情豁达，有时像个老顽童。他一生最大的喜好就是吹木叶曲，用壮族山歌调，吹起来自己快慰，也给别人送去欢乐。黄卜新对新生活充满希望，他喜欢赶集，每逢节庆日，都会独自一人走上五六里地到集市逛逛，回来时还会向乡亲们俏皮地做介绍，外面的大千世界时时激起他一颗返老还童的心。

与巴马长寿老人接触，使我领悟到一个最基本的原则，长寿境界并非刻意追求，而是要顺其自然，自然而然，也就是要与自然界保持高度的和谐，天人合一，不忤逆自然，逆天而行。

巴马有得天独厚的自然环境，其一地磁。盘阳河是巴马的中轴线，全县分为两部分，一部分为石山"长寿集落区"，百岁寿星均生存于此。另一部分为土坡"非长寿区"，百岁老人竟无一人。盘阳河下有一条断裂带切割到地幔，产生的地磁高达0.58高斯，是一般地区0.25高斯的1倍多。地磁能促进人的血液循环和睡眠质量，提高免疫力。巴马许多寿星几乎大半辈子光脚走路，黄卜新老人风趣地称自己是赤脚大仙，不穿鞋是"接地气"。其二空气。由于地磁作用，空气质量好，负氧离子高，含量高达2000—5000个/立方厘米。北京、上海等大城市仅达200—300个/立方厘米。长期在负氧离子高的地方生活，人感觉舒服、

巴马的母亲河——盘阳河，从巴马屯呈S形穿行而过

盘阳河多次穿越天然地下溶洞

盘阳河流经断裂带的高磁场入村

轻快，能调节身体机能，对慢性疾病的治疗起辅助作用。巴马可能是世界上最好的天然氧吧。其三阳光。巴马日照时间长，同时产生较多的4—14微米波长的远红外线。这种称为生命之光的射线，能把有害的紫外线反射回去，还能不断地激活人体组织细胞，促进新陈代谢，改善微循环，提高免疫力。其四水。巴马的水具有世界上其他地区都不具备的显著特性，是无比优越之水：一是弱碱性离子水，PH值在7.2—8.5，接近人体血液的PH值，能维护体液平衡，美容防便秘。二是巴马水氧化，还原电位高，活性强，可与氧自由基结合，使细胞不受损害。三是微量元素水，巴马水系发达，暗河密布，由于水反复进出地下溶洞而被矿化，锰、锶、锌、硒等微量元素利于身体吸收。四是小分子水，巴马的六环小分子团水，是经过地磁作用缔合的小分子团水，有较强的溶解力和渗透力，能增强细胞酶活性，降低血脂，防止动脉硬化。

2007年七八月间，巴马县在盘阳河中段成功地举办了首届裸浴文化节，向国内外广大地区展示民族风俗，引起了轰动。巴马裸浴是一种古风，是巴马流传的民族风情，也是人类返璞归真的表现，成为巴马当地各族群众健康长寿的秘诀之一。

巴马老人经常提醒："别等口渴的时候喝水，别等饥饿的时候吃饭。"也就是说饮食应有规律。巴马寿星们有自己特殊的食物结构和饮食习惯：第一，以素食为主；第二，适度摄入鱼肉蛋；第三，以五谷杂粮为主食，玉米、豆类和红薯不可少；第四，以蔬菜或野菜为副食，适度吃水果；第五，经常食用粥汤之类，每日必备；第六，食用火麻仁油或山茶油；第七，每餐吃七分饱；第八，吃的清淡不过咸。黄卜新老人说自己吃得很杂，从不偏食也不挑食。他也吃肉，但吃法不同，他说："过去吃素多，那时日子过得穷，没肉可吃，现在什么肉都有不吃可惜呢。"巴马的香猪、黑山羊、油鱼、土鸡、鸭都是老人爱吃

黄卜新老人的小儿子黄忠胜已经84岁

的肉食,每周都要吃上一两次。经常的做法是白切肉。用清水将肉煮熟后不放任何调料,只蘸上盐、糖和酱油,他从不多吃,够量就收嘴。我想在巴马要体验的不仅仅是一个量的问题,人的一生便活在分寸上,寻求"度",把握"分寸",当是一辈子的事了!当今许多人的疾病,就是管不住嘴,不能自我节制所导致的。为什么城里"富贵病"多?就是把不住嘴瘾,暴饮暴食,好吃的不顾命。

黄卜新老人还津津有味地介绍了他的一道名小吃——"和渣菜"。将黄豆磨成粉,和水搅拌均匀,再把青菜、野菜和不去渣的火麻仁一起放入煮着吃。老寿星津津乐道:"和渣菜,我从小就爱吃,看似不起眼啊,还能治未病呢。"一句简单的话,却道出了一个深刻的道理:吃多吃少,并非人类饮食的终极目标,只有吃出健康才是人类追求的最高境界。

百岁老人照顾八旬儿子的逸闻,在巴马被传为佳话。1969年,黄卜新老人的小儿子黄忠胜在开山放炮时不幸腿脚受伤,一家人东奔西走寻医问药,也没能医好儿子的病。到了1994年,黄忠胜的病情愈来愈重,失去了劳动能力,只能拄着拐杖勉强活动。已经年逾九旬的黄卜新老人丝毫不厌弃儿子造成的沉重负担,一直进山砍柴,下地种菜,父子俩同甘共苦,安度晚年。

在这个世界级的长寿之乡,百岁老人大多精神乐观,与世无争,与家人与邻里和睦相处,哪家有百岁老人,邻里乡亲都看作是最大的喜事,会得到四乡五邻的尊重爱护。巴马和谐的社会风气与家庭气氛,让巴马的长寿老人都喜欢与家人团聚,如今四世、五世同堂,其乐融融的场景已屡见不鲜。

随着老龄人口递增,目前我国已步入老龄化社会。老龄工作受到党和国家的高度重视,我们应不负众望,为实现中国梦的远大目标奉献余力,像巴马人一样健康长寿。

重游承德避暑山庄和外八庙

承德避暑山庄和外八庙取自然山水本色，吸取江南塞北风光精髓，被誉为天下美景第一园

我曾两次游览承德避暑山庄和外八庙。记得1988年的晚秋，我初次踏上这块陌生的土地，一切都觉得新鲜。

雨过天晴是塞北最明媚的时光，漫山遍野的枫林像被洗刷过似的变得分外苍翠、茁壮，如同沾着露珠的红玛瑙，闪闪发光。山峦仿佛飞过一团团流火，燃烧着……

放眼望去，磬锤峰形如倒立的棒槌，蛤蟆石似青蛙仰首啸天，天桥山云雾缥缈，武烈河明镜般的清澈透明，罗汉山恰似大肚和尚笑逐颜开……这里天高气爽，峰峦奇秀，成为浓缩了华夏佳景的旅游之冠。

承德自古为"引弓之国，刍牧之地"。清朝时承德避暑山庄又名热河行宫，建于1703—1792年。这一宏伟的宫殿群中有办公、礼仪用厅堂，以及各种风格的庙宇和御花园。其建筑风格与周围的湖泊、森林、草原融为一体，除了审美价值外，还为中国封建社会最后阶段的发展提供了大量的见证。1994年，承德避暑山庄被联合国教科文组织作为文化遗产列入《世

1988年10月作者在避暑山庄门前留影

时至夏日，满塘青莲生机盎然，相映成趣

重游承德避暑山庄和外八庙

2014年6月作者重游世界遗产地承德避暑山庄和外八庙

界遗产名录》。

最美的山庄有着最美的传说。一天康熙带着文武百官到木兰围场打猎,突然,一只大白兔从路边草丛中钻出来,手疾眼快的康熙连发数箭,一一落空。情急之下他提缰催马紧追不舍,而那只大白兔却消失的无影无踪。康熙无奈勒住马头,向四周环顾,只见这里青山连绵,绿水环抱。一条如带的蜿蜒清澈的小溪,没有涟漪,没有波涛,明明亮亮,平平静静。不远处的一眼温泉,热气蒸腾……康熙越看越喜欢,连声赞叹:"宝地,宝地!"随后对身边官员说:"得遇如此宝地乃上天恩赐,朕不负苦苦奔波,决意在此地修建行宫。"话音刚落那只大白兔又神奇般地蹿出,然后瞬间消失。康熙立刻醒悟:"这是神兔显灵,特意引朕来看宝地,悠哉,悠哉!"

2014年初夏,我旧地重游,山庄旧貌换新颜。清晨,山庄笼罩着薄薄的微雾,四周罩上了缥缈的白纱,胜似仙境一般。晨风吹拂,令人神清气爽,我从丽正门进入避暑山庄。

进了门楼,迎面便是宫殿区正宫主殿,十分雄伟气派。山庄分为宫殿区、湖洲区、平原区和山峦区。宫殿区包括正宫、松鹤斋、万壑松风及东宫四组建筑,其中,正宫、东宫由多所殿阁组成。建筑风格没有脱离传统,紧守宫廷建筑的"九重"概念。

正宫内的澹泊敬诚殿、四知书屋、万岁照房、烟波致爽殿、云山胜地楼阁排列在同一中轴线上,从丽正门到岫云门共九个封闭式院落,厢房左右对称,形成紧凑格局,显示出庄严肃穆的气氛。同时,摈弃了传统宫殿的建筑色彩,将惯用的"朱红"色改用蓝、绿、褐、白及青灰色调。室内家俱以暗色或暖色为基调,而且间歇挂一两块匾额,处处彰显清淡朴实的风范。

正宫主体建筑澹泊敬诚殿进深三间、面阔七间,大院内栽植古松。这里是清帝举行朝贺、大典,接见文武大臣、少数民族首领和外国使节的地方。

房舍青砖灰瓦,梁柱、隔扇、天花板一律采用楠木构筑,室内地面用紫色天然大理石铺砌。宝座上方匾额书写着"澹泊敬诚"四字,取自于三国时期诸葛亮《诫子书》中"非澹泊无以明志,非宁静无以致远"的名句。康熙希望以此律己、遗训子孙,并作为治国理政之道。

澹泊敬诚殿是皇帝处理朝政,举行典礼,接见文武大臣、少数民族首领和外国使节的正殿

烟波致爽殿为寝宫主殿,因"四周秀波,十里澄湖,致有爽气"而得名

清帝寝宫的主殿为烟波致爽殿,陈设豪华,富丽堂皇,正中设宝座,是皇帝接受后妃请安朝拜的地方。旁边为西暖阁,是皇帝的寝室,这里曾上演过一幕幕的历史悲剧。1820年与1861年,嘉庆、咸丰二帝分别病死于此殿;1860年,咸丰在此签订了中英、中法、中俄《北京条约》,并追认《中俄瑷珲条约》生效,从此大片国土丧失。

游至此地有一段宫廷秘事不能不引人回顾。西暖阁北床后曾有一道夹墙,夹墙隐蔽处有一小门,直通西所慈禧的住室。据说当年慈禧就曾暗地潜藏于夹墙内,窃听咸丰在病榻上和顾命八大臣的谈话。得知谈话内容后,慈禧与恭亲王奕䜣在西所密谋策划"辛酉政变",走上"垂帘听政"之路,统治清王朝达48年之久。

西所是当年慈禧的住处,外表相当简朴,内里却富丽堂皇

慈禧晚年留下的照片

在云山胜地二楼，"凭窗远眺，林峦烟火，一望无极，气象万千。洵登临大观也"。出正宫岫云门，下玉麟坡来到山庄风景的中心——湖洲区。这里堤岛分割湖面，既互相连通又各自独立，大小形态各异。康熙曾数访江南，痴迷于水乡景物，决心在山庄内重现江南水乡的妩媚，于是下令兴建镜湖、银湖、上湖、下湖、澄湖、西湖、长湖等9个湖区，组成"塞湖"，上面分布着10个岛屿。与此同时在岛上设计出与江南水乡相若的亭台、楼阁、小桥和长堤。如仿浙江杭州西湖苏堤的芝径云堤；仿富春江严子陵钓台的石矶观鱼；仿嘉兴的烟雨楼；仿镇江金山寺的金山等，均"复制"成功。

芝径云堤是上下贯通的著名景点，因堤形似"芝"字，连接环碧、月色江声、如意洲三岛，成为塞湖的中心区域。

芝径云堤，仿杭州西湖苏堤修筑，避暑山庄就是从这里动工兴建的

在水一方的环碧岛有江南名园风貌

当我踏上此堤立刻被眼前的一片美景深深吸引；堤面委婉曲折，用条石铺墁，两边绿柳成荫，胜趣天成；堤下柳枝的倒影映在湖面上，随着那泛着涟漪的水流轻轻荡漾；湖中绽放的荷花，红绿相衬，玉蕾含苞；近观水心榭三亭巍然耸立；遥望月色江声岛树荫掩映，金山突兀，上帝阁插入云端；远眺山岳区蓝天白云下山峦起伏，郁郁葱葱，南山积雪和北枕双峰两亭高踞峰巅；如此一派大好河山，让人流连忘返。

晴碧湖亭

湖洲区之北便是平原区。它的范围从澄湖北岸起，东接宫墙，西至山麓，以万树园为中心，四周散落着20余处北国草原景点。甫田从樾是个四角单檐方亭。此亭之东是皇家的农田和瓜园，此亭之西草木茂盛，麋鹿、鸰、兔随处可见，是行围的地点。

55

莺啭乔木是个八角单檐长亭。这里林木葱茏，百鸟穿梭。试马埭在平原区北行不远处，立有石碣一方，为乾隆所题"试马埭"。这里地势平坦，地旷草柔，驰道如弦，是扬鞭策马、奔驰原野的好地方。

万树园地处平原区中部，园内疏落有致地的矗立着蒙古包。是宴请少数民族首领为他们提供休息娱乐的场所。

万树园，乾隆曾在此多次接见、宴请少数民族首领和外国使节

雄踞山庄北部的山峦区，林木茂盛，沟壑纵横，地形复杂多变，拓建扩展中依山就势，在平坦的山谷地段兴建较具备规模的院落；而在陡峭的斜坡上则营建楼阁，建设时尽量避免破坏山林生态，注意保持原始风貌，顺其自然。即使迫不得已要开山砍伐，也要用假山来加以遮盖，遵循乾隆提出的"以自然延续自然"的旨意，借助假山的神韵，创造出更优美的景观。水月庵、吟红榭等处就是以独特的造景概念拓展的景观典范。

中华民族是由56个民族组成的统一和谐的大家庭，蒙古族、藏族、回族、维吾尔族等少数民族有史以来一直受到尊重和平等相待，在祖国辽阔的版图上曾有许多表现民族大团结的遗存，承德的外八庙就是其中之一。在避暑山庄周围有12个建筑风格各异的寺庙，其中有8座归清王朝直接管辖，又都地处古北口外，故称为外八庙。这些寺庙至今保持完好是完整地古代建筑群。

外八庙大部分建于清乾隆年间，清王朝先后用了60多年时间兴建这些寺庙，是为了顺应蒙古族、藏族信奉藏传佛教的习俗，通过"怀柔政策""修其教，不易其俗"，其良苦用心在于经这些政策的实施，以求达到安抚蒙古族、藏族等少数民族的目的，通

万树园内的蒙古包

依山而建的吟红榭

过"深仁厚泽",来"柔远能迩",达到"合内外之心,成巩固之业"的意图。从而获得边疆少数民族的认同,从客观上赢取了战胜国内外分裂势力,维护民族团结和谐统一的政治局面,对国家和民族无疑是有益之举。

清廷确信"一寺能抵十万兵",外八庙在历史上也确实发挥了卓有成效的作用,曾演绎了许多有声有色的历史场面。1771年(乾隆三十六年)6月土尔扈特部首领渥巴锡、策伯克多尔济不忍沙俄的残暴统治,从伏尔加河率部历尽千辛万苦和巨大的牺牲东归返回祖国。为表彰其民族大义之举,弘扬大一统精神,乾隆邀请他们来承德最具规模的普宁寺休整数日,多次宴请,还隆重地在普陀宗乘之庙的万法归一殿为他们举行祝福法会,并送上《土尔扈特全部归顺记》和《优恤土尔扈特部众记》两座纪念碑,使他们感激地涕泗横流,万般感激祖国温暖大家庭的关怀照顾。

雄浑的喇嘛寺庙,简朴山庄与奢华寺庙的对比反差,使蒙古族、藏族等少数民族极为欣赏,让前来朝觐的少数民族首领心悦诚服,对朝廷无限敬仰,从此遵从民族统一和谐的大局,使华夏大地长久地出现了天下一统的局面。客观上外八庙成为维护民族团结统一的胜迹。

避暑山庄东部山峦最早建有汉式寺庙溥仁寺,之后陆续竣工的有汉藏结合的寺庙普宁寺、普乐寺、普佑寺、安远庙,共五座寺庙。

避暑山庄北部山峦之上现存有三座寺庙,由东向西依次是须弥福寿之庙、普陀宗乘之庙和殊像寺。其中,普陀宗乘之庙和须弥福寿之庙是典型的藏式喇嘛寺庙,是以独特的建筑造型拓展的景观典范。殊像寺则是一座汉式寺庙。

外八庙宛如众星捧月般烘托着山庄,虽然寺庙建筑形式各异,但是与皇家园林周围的湖泊、森林、牧场融为一体,成为山庄与周围群山及武烈河等自然景观连接的纽带,共同组成了一个大气磅礴的空间。

踏遍五洲情未了

避暑山庄东部、北部连绵起伏的山峦上，坐落着八座喇嘛庙

外八庙不论在位置选择上，还是在空间布局或地形利用上都是匠心独运，构思巧妙。位置的选择多在依山傍水、向阳坡处，坐落于风景优美的区域。尤其是采用古代造园借景的手法，巧妙地运用周围自然景观和人工建筑物，打造丰富多彩的景观范围。寺庙与园林互相联络，互通气息，无论在任何角度，山庄与外八庙彼此都可清晰地看见对方。在布局上以中轴线为中心，各建筑物左右对称，达到严谨整齐的设计要求。在利用地形上依山就势巧妙地利用地势的高低起伏变化，突出建筑物的错落感，使主体建筑置于最高处，强调其雄伟崇高的地位，给人以鲜明深刻的印象。

琉璃牌楼，清朝时只有皇帝和活佛才可以从正门出入

我登上山巅放眼遥望，这边看远山连绵不断，恰似一条巨龙飞向天边；那边看群山重叠，峰峦不穷，犹如海涛奔腾，巨浪排空。连绵起伏的山岭，带着紫苍暮色，静躺在云雾烟海之中……

这里规模最大、气势最宏伟的寺庙便是普陀宗乘之庙。这是一座典型的藏式寺庙，"普陀宗乘"即是藏语

"布达拉"的意思,只因它的规模小于西藏拉萨的布达拉宫,所以又称"小布达拉宫"。该寺庙建筑群共有大小藏式建筑60余处,藏式红白殿堂依山面水,星罗棋布,布局灵活又十分严谨,显得庄严肃穆。

走过拱形的山门和碑亭就是五塔门,门前各有一尊石雕白象,为佛教大乘派的象征。门上立有五塔,分别为黑、白、黄、绿、红五色,每色代表一个教派。

五塔门

主体建筑大红台位于后半部山巅,巍峨高耸,气势雄伟,从下向上望去,使人感觉有佛法如天的威严。基座称"大白台",下部用花岗岩、上部用砖砌筑。从红台两侧便可进入红台内部的回行殿堂,中部为万法归一殿,顶部覆盖鎏金鱼鳞铜瓦,迎门而立的是铜珐琅菩提塔,中央佛龛供奉弥勒佛。佛龛后正中设木质地坪,做工精致工艺精湛,

普陀宗乘之庙的主体建筑——大红台,红墙上砌女儿墙,墙上嵌黄琉璃佛龛

万法归一殿的金顶

红台内的回形走廊

上面放置宝座床。这张床是乾隆特意为西藏政教领袖达赖所设,因当时八世达赖年仅13岁,不能前来北京朝见,仅设虚位,以体现大清朝尊敬藏传佛教之意。此举当时赢得了西藏上层社会对清朝感恩戴德,心存敬意之情。宝座床两侧为紫檀寿字塔,表示祝福万寿无疆。殿内还供奉九尊无量佛和文殊、普贤、药师佛等,均为铜铸,造型逼真,是一件件珍贵的历史文物,值得参观。

普陀宗乘之庙的另一建筑——白台，高低错落，巧借地形，梯次向上，充满山林古刹的情趣。

　　群山的神态各异，有的雄奇，有的俊逸，有的清秀，有的浑厚，在阳光和雾气的照映中气势逼人，隐约缥缈。

　　和群山一样，寺庙的雄姿也各具特色，为迎接万里东行而来的为皇帝祝寿的六世班禅一举兴建的须弥福寿之庙便是最好的见证。此庙是康乾盛世走向高潮之作，也是乾隆最得意的寺庙建筑之一。须弥福寿之庙仿后藏日喀则的扎什伦布寺而建，须弥福寿汉语意思为"多福多寿的吉祥的须弥山"。

依山错落兴建的普陀宗乘之庙的白台

须弥福寿之庙中心建筑妙高庄严殿

殿顶鎏金铜龙升降相对，金光闪闪

须弥福寿之庙是目前外八庙中保存最完美的建筑，既具有藏族寺庙依山就势而建的特点，又使用了汉族园林造景的艺术手法，成为藏汉结合的建筑结构的典范。

须弥福寿之庙的主要建筑包括：石桥、山门、碑亭、琉璃牌楼、大红台、琉璃万寿塔等。在进入山门后的琉璃牌楼以北，便是寺庙主体建筑大红台，与普陀宗乘之庙的大红台相似又不完全相同，高大的墙壁呈深红色，开窗三层，每层有13个窗户，每窗均采用汉式浮嵌琉璃垂花门头。大红台四周为群楼，中心建筑妙高庄严殿共分三层，一层为讲经堂，供奉宗喀巴，东西宝座为班禅六世讲经之用，正向宝座为乾隆听经之座；二层供奉佛主释迦牟尼，左右为大弟子阿难陀和摩柯迦叶；三层供奉三尊密宗佛。

尤其引人注目的是妙高庄严殿顶部的覆鱼鳞鎏金铜瓦弓身翘尾，腾空欲飞，栩栩如生。屋顶上的8条金龙各重1吨，据说仅建造屋顶部就用去黄金15000两，足见耗资巨大。不难看出清帝安抚边疆少数民族的良苦用心。

大红台中心建筑妙高庄严殿讲经堂

从大红台顺坡通往吉祥法喜殿，有宽敞的石级蹬道相连，这里是六世班禅到达承德的下榻处，即起居之所，位于大红台西北角，为一方形五间二层楼，一楼卧室，二楼佛堂。殿内陈设豪华气派，富丽堂皇。顶覆鎏金铜瓦，金光闪闪。

吉祥法喜殿为六世班禅起居场所

　　万里无云的淡蓝色天空，法铃行宝顶矗立顶端中央，显得富丽堂皇，在阳光的照耀下，光芒四射，蔚为壮观。

　　1780年（乾隆四十五年）盛夏，六世班禅一行抵达承德。第二天六世班禅举行须弥福寿之庙开光仪式，乾隆率文武百官进入妙高庄严殿，为众生、佛法祈祷。班禅与数名喇嘛念诵经文，整个寺庙香烟缭绕，鼓乐齐鸣，光彩夺目，气氛祥和，又一次演绎了有声有色的历史场面，赢得了"一人来朝见而万众归心"的实效。

　　时隔26个春秋，重游承德避暑山庄和外八庙，感悟颇多。在这个塞外少见的风景优美之地，一个避暑山庄简直就撷来了全中国的美景，那特色的景观总萦绕着一股魔力，使我流连忘返，让我不舍离去。一座古朴典雅的皇家园林，八座萧瑟幽静的寺庙，构成了美丽中国的缩影。众星捧月般环绕山庄的外八庙，将中国古代园林和寺庙建筑艺术推向了一个高峰，为人类文明留下了中国封建社会末期罕见的历史遗迹，也是民族团结统一的历史见证。

　　被列入世界自然与文化遗产的承德避暑山庄和外八庙以及众多的文物，是中华民族建筑艺术领域不可多得的瑰宝，它是凝聚了中国古代劳动人民智慧才能的结晶，为此我感到无比的骄傲和自豪。作为一个公民我们一定要认真履行新时代赋予的使命，大力弘扬华夏文明，承担起守护和传承宝贵遗产的责任。

　　重游的经历是我人生旅途中值得铭记的一页。

婺源篁岭纪游

"中国最美乡村"——婺源风景如画,篁岭是镶嵌在婺源的绿色明珠

　　阳春三四月间,正值婺源篁岭油菜花飘香的时节,千亩梯田油菜花盛装绽放,花香四溢,黄橙橙一片,是一年四季里最美的时光。

　　这天阳光明媚,蝶舞蜂喧,我从江湾镇出发,徒步7公里前往篁岭观光。

婺源篁岭纪游

方圆不足15平方公里的篁岭，地处石耳山脉一道狭长的山谷，两边峰峦对峙，谷底的溪水向远处一心形的水潭奔流，淙淙作响。山的倒影、树的倒影随着微风在水面荡漾。

朝阳燃烧着晨雾，金光灿烂。层层种满油菜花的梯田，如同一座座琉璃宝塔直上青天，显得气势磅礴。一望无际的万亩花海，迎着阳光，随风摇曳，旋卷起伏，掀起层层黄色波涛。天地之间，浮光跃金，直把篁岭装缀成胜似仙境的巨大盆景。

篁岭一碧万顷的原野，层层梯田绿浪翻滚，谷底心形水潭微波荡漾

春风抚摸着大地，花田里的油菜花摩娑作响，飘散着扑鼻的清香，油菜花茎高至人头，花朵绽放于茎梢，挺拔向上就像嬉春的少女，风貌楚楚，婷婷动人。它们头顶四瓣淡黄典雅的花冠；花瓣下面脖颈围着四片黄绿色花萼，纤细玲珑富有诱惑力；它们肆意舞动着窈窕的腰肢——翠绿的花茎……油菜花的花形也很美，大多呈现潇洒单纯的十字形，也有风姿绰约、浓墨重彩、重瓣叠成的六角形或八角形，大小疏密排列，错落有致，仿佛用金色绒线在绿色底子上编织出来的美丽图案，鲜艳无比。花瓣上的那种淡黄色既不炫目耀眼，也无凋谢衰退之嫌，而是透着娇嫩、透着清爽、透着青春的气息。清晨的田野，拂着清凉的风，花瓣、蓓蕾上的露珠，发出晶莹闪亮的光，一片片油菜地，像是一块块润滑的玉石。

三五家茅檐泥壁的农舍分布在山腰水畔，房檐下、墙垣外茁壮生长的油菜花灿若云霞，它们有的斜倚窗外，有的探露墙角，宛若镶嵌在绿满天涯的画屏里。它们的规模虽不如梯田坝上那样恢宏，但衬着粉墙黛瓦、窗前月下，却别有一番情趣。当你在菜地里小憩时，随着一阵嗡嗡的鸣叫声，会有花瓣簌簌落在你的肩上，原来是一只蜜蜂在撩动花瓣采蜜……不远处对对成双的彩蝶，在油菜花间翻飞起舞，瞬间，我的眼前浮现出梁祝的爱情故事，在回忆里增人惆怅。

春回大地，百花争妍。此时此地观赏油菜花绽放，令人的心境豁然开朗。

婺源篁岭梯田种满油菜花，花香四溢，这是一年中最美的时光

每年三四月份，漫山遍野的油菜花齐开绽放，是婺源篁岭最美的季节

眼前出现整齐的青石板路，在幽僻的转弯处，立着一块高大的石牌坊，上书"篁岭"二字。这是一座传统"口"字形立柱牌坊，全部用青石原料雕刻而成，据说是明清时的杰作。距离村口的石牌坊不足一里路，便到了水口红豆杉林。这是一片混合林，以红豆杉为主，各种树木混杂在一起，形成了变化多端的家族，并有松、柏、栗、栲、楠、枫等名贵树木。那经风霜而不凋的雪松，针形的叶子仍是绿的，镶着银色的边，煞是好看。而那混迹其间的芭蕉、棕榈和小灌木就显的狼狈不堪了。特别引人注目的是一棵千年老樟树，

篁岭红豆杉林里的千年老樟树，树干挺拔，枝叶繁茂，郁郁葱葱

依山而建的篁岭民居，属于古徽州风格，形成"U"形山脉村落

如同一捆捆的钢筋，下粗上细，身躯挺拔，蓊蓊郁郁，根深叶茂。

　　距红豆杉林100米处是一片竹林，当春风暖阳还没有融尽残冬的余寒时，新竹笋就在地上悄悄地萌芽了。春雨渐渐沥沥滋润着它，吸足养料便破土而出，请春风拂去层层笋衣，换上崭新的绿装，就像天真活泼的少女，亭亭玉立，笑迎风霜雨雪，生机勃发。

　　穿过陡峭的山路，登上石阶，便看见一排排灰墙黛瓦的农舍沿河散立，倒映在水中更显得清幽宁静。篁岭民居多依山而建，形成"U"形山脉村落。农舍民宅建筑属于古徽州徽派建筑风格，平顶灰墙黛瓦，飞檐翘角的马头墙垣，从上而下排列的错落有致，充分体现了人与自然的和谐。

　　山顶上汩汩的泉水从一个石孔中涌出，分成几段汇流飞泻下山，逐渐形成一条涓涓溪流——养生河。全村民居围绕碗口粗的水口呈扇形梯状错落排布，使每家每户都有溪水流过，迂回在密林长藤间，迂回在嵯峨峭壁间。村民在水口位置种植了大量的树木，浓荫蔽日，古木参天，以便弥补自然环境的不足，保护水源不受污染，造福于民。

　　在民居较为集中的山顶是一条300米长的繁华小镇，名叫天街。天街小镇似一条玉带

天街的明清古建筑群排列成300米长的繁华小镇

将明清古建筑群串联起来，这里商铺林立，前店后坊，每逢节庆、集日，小镇张灯结彩，人流攒动，热闹非凡，恰似一幅流动的缩写版《清明上河图》。

四月初八，是篁岭民俗文化村赶庙会的日子。今年的庙会不同于往年，这里将会聚省内外知名企业，展销名优产品，还邀请来自世界各地的游客前来观光。

天刚蒙蒙亮，小镇就人如穿梭，车马辚辚。满街满市搭起了伞棚，大勺碰小勺叮当作响，小吃摊上卖米粉的、卖年糕的、卖红薯的吆喝声此起彼伏，酒店、餐厅、大小客栈也都开张营业，到处充满欢乐的气氛。

远处锣声、唢呐声大作，一群人前呼后拥地跟着舞狮子的、耍龙灯的、扭秧歌的窜来窜去。人们沸沸扬扬，欢乐无比，平日不大出门的人，这天也都倾巢而出。广场戏台上演着黄梅戏《天仙配》的段子，鼓乐声、掌声、笑声混成一阵阵热烈、喧闹的巨响……

商铺林立、前店后坊的天街恰似幅缩写版的《清明上河图》

天街古戏台

"篁岭晒秋"远近闻名。篁岭的秋色，带给人们的是无尽的欢乐之情。每当丰收繁忙季节，操持家务辛勤劳作的妇女和小孩，都忙得不亦乐乎，除了忙碌地磨面、碾米、磨豆腐，他们又开始晾晒丰收的果实，干菜、果脯、菌类、五谷杂粮，无其不有。他们在屋顶、阳台用木杆子搭设棚架，支起笸箩晾晒起来。太阳的光芒照射万物，万物生机盎然。从山上俯瞰屋顶秋色，一片竹晒匾的天地，藏而不露的"晒秋人家"就会清晰地露出晾晒的玉米、南瓜金子般的黄，稻谷、糯米水晶般的白，辣椒、红曲米玛瑙般的红，婺绿茶、蕨菜翡翠般的绿……如同画家调色板上的斑斑色块，斑斓艳丽，不愧为篁岭一道靓丽的风景。

远近闻名的"篁岭晒秋"，带给人们丰收的喜悦之情

踏遍五洲情未了

重访西海固

20世纪80年代,宁夏电影制片厂摄制纪录片《发展中的西海固》《固海扬水工程》。这两部由我编导、胥振先摄影的纪录片反映了宁夏中南部山区回汉各族儿女,在党的领导下,发扬愚公移山精神,改善生态环境,减少自然灾害的英雄业绩。

影片拍摄上映已经30年,时至今日许多真实感人的情景仍历历在目,它为我的人生经历留下了一笔宝贵的财富。

一

那是影片开拍前的日子,柳枝的嫩黄新芽透露了春的信息,我们进入盐池同心风沙区采访,汽车在同心的五道岭子盘山路上颠簸着,时已早春,这里依旧是朔风劲吹、凛冽萧条的严寒景象。这出名的"旱天岭"年均雨量不足两百毫米,人们为了生存,不得不跑到百里以外的地方去驮水、担水。当地流传一句顺口溜:天上不飞鸟,地上不长草,一年一场风,从春刮到冬。1982年,同心县遇上大旱,全县作物几乎绝产,造成人无粮、畜无草,全县吃救济粮7000万斤,花救济款247万元。

作者在西吉防护林内拍照

自治区农林牧专家在灌区进行综合考察

固原县大湾乡1987年人均产粮仅48公斤,群众常年不得温饱。一天我们走进一家农户,破旧的窑洞里竟一贫如洗,炕上只有半片席子和一团烂棉絮,锅台上挖几个凹坑当饭碗,几个衣不遮身的孩子围着锅台喝黑糊糊。我的心陡地一阵酸楚刺痛,山区群众生活如此艰难,给我的心灵打上了深深的烙印。

干旱贫穷的西海固包括盐池、同心、海原、西吉、彭阳、隆德、固原和泾源8个扶贫重点县,是宁夏的半壁江山。如何解决干旱问题,国际上还没有找到一条行之有效的路,这是摆在人们面前一道严峻的课题。

尽管人间还有很多苦难,春天却依然如旧,带着温暖融化了冰层,宣告幸福即将来临。党的十一届三中全会给中华大地送来了温暖,党中央提出了"种草种树,改造山河,治穷致富"的战略决策,党中央、国务院站在中华民族生存和发展的高度实施三北防护林体系建设工程,在西部组建三西领导小组负责干旱地区生态建设,进行综合治理,兴建引黄灌溉工程，引导广大群众脱贫致富。

宁夏回族自治区党委、政府，认真总结山区经验教训，分析研究了造成贫困的历史、社会和自然因素，总结了河套灌区资源利用状况和能够挖掘的潜力，发挥优势，扬长避短，坚持以人为本，开拓创新，确定了"以川济山，山川共济"的开发建设方针。对分属8个县42个乡的40多万贫困人口，采取逐步吊庄移民的办法，有计划地把最困难无出路的部分群众移居到河套灌区，垦荒种植，解决温饱，脱贫致富。这样既开发了新灌区，又腾出了山区资源，减轻了贫困地区的压力，使之退耕还林种草放牧，调整结构，恢复生态，增强山区自身建设的活力。与此同时还重点兴建扬水工程，采取打井窖等措施，解决山区干旱缺水的实际困难。

初夏和春末交替的季节，影片摄制工作紧张忙碌。一天，摄制组忽然接到上级通知：时任中央政治局委员、国务院副总理田纪云来西吉林草基地调研考察，摄制组要跟踪拍摄。

这天晴空万里，田纪云副总理容光焕发，步履稳健地走进一片乔灌林，观察树种种植、

固海扬水工程，经过8年艰苦奋战于1986年9月3日全线竣工通水，被誉为"生命工程"、"富民工程"

灌区林茂粮丰，六畜兴旺，羊儿在渠上欢快地饮水

育苗成活的状况，不时地与身边的干部群众亲切交谈。调研之后，立即召开县乡干部会议，解决实际问题，极大地鼓舞了干部群众建设的信心。固海扬水工程是宁夏规模最大的扬水工程，经过8年艰苦奋战于1986年9月3日全线竣工通水。通水后山区有50万亩农田得到灌溉，解决了15.3万人和29万头牲畜饮水问题，被誉为"生命工程"、"富民工程"。

这天，泉眼山泵站披上了节日盛装，会场上锣鼓喧天，热闹非凡。上午10:50，激动人心的时刻到了。在热烈的掌声中自治区原党委书记李学智、原政府主席黑伯理等领导同志剪彩，启动闸门放水。瞬间，奔涌翻滚的黄河水进入水闸，越过硕大的压力管道冲上山巅，如千军万马奔腾，如翻江倒海的蛟龙扑向天空。掌声欢呼声惊天动地，一片沸腾。"水来了！"人们发疯般跳跃，扯破嗓子呼喊，也有人呆呆地站着，珠泪盈眶，沉浸在回忆里……

二

时光如梭。三十年来，我魂牵梦萦重访西海固，希望能目睹它今日的风貌。恰逢须弥山山花旅游节开幕，我终于踏上旅程了却多年的夙愿。

汽车在高速公路上飞驰,车速之快令人惊奇!据调查,西海固的建设速度取得了历史性突破,岂不也是高速度地腾飞吗?经自治区有关部门统计,"十一五"期间山区共修建高标准旱作农田160万亩,打井窖27万眼,解决了百万人口和牲畜饮水问题,农民人均纯收入3415元,增长速度超川区,消费支出人均2675元,比同期增长64.7%;山区生产总值144.86亿元,比同期增长97.68%。

当你踏上西海固,离开了尘嚣,亲炙着朝晖,心情会豁然开朗,进入你视野的是黄绿相间的原野。黄的土,是亿万年靠自然力堆积而成的黄土高原;绿的呢,是人类顽强拼搏夺得的果实,这就是当今的西吉防护林工程。如果你坐上飞机鸟瞰会惊奇地发现景色极其壮观:一望无际的林网像棋盘似的把沃土一档档地划分整齐,草方格绿色的秧苗一片片绒毯似的,黛绿、葱绿像翡翠,在阳光下更加耀眼。此刻,你绝对会爱上它!

婆媳悄悄话

昔日的西吉,曾是自然条件最差的地区,原因在于干旱缺水,加之有人滥砍乱伐,毁林开荒,致使植被被破坏,水土流失严重。

三十年来,经过广大干部群众的艰苦努力,已取得了举世瞩目的巨大成就,被联合国环境规划署授予"全球500佳"称号,赢得了国际社会广泛赞誉。

好日子越过越红火

80年代初,中科院、国家农委、科委与自治区确定固原县的上黄村为"农林牧合理生态经济结构"实验基地。这个黄土丘陵带上的偏僻小山村,过去条件差、基础薄弱。这里山路蜿蜒,沟壑纵横,九沟十八坡上,散落居住着180余户人家。

30年来通过"林草大上,下降粮食种植比例,实现农林牧综合调整,做到土水肥,带片网,乔灌草,农工商相结合,使生态治理与经济发展相协调,生态建设与群众脱贫致富相统一,走出了一条结构稳定,功能完善,经济、社会效益全面发展的道路。目前,全村总经济收入提高了4倍,人均纯收入提高了6倍,粮食生产、农副产品、林草种植、畜牧存栏数均列自治区前茅,成为生态建设的先进典型。

回族姑娘喜获大丰收

车过同心,春雨悄然飘洒,这么多年,同心很少下过一场透雨,近几日却例外,细雨渐渐沥沥下个不停。万幸,雨过天晴,道路显得那么洁净、清晰、明媚、宽敞。到了河西乡朝阳村,村里新盖的一排排红砖瓦房替代了陈旧低矮的土砌屋。一家整洁的院落里并排停着农用车和小轿车,雨后的丁香树晶莹透亮,随风飘摇香气扑鼻,这就是村党支部书记杨廷禄的家。十几年前,他是从"旱天岭"上的"喊叫水"村吊庄过来的,一贫如洗。

杨廷禄现在是名副其实的如鱼得水,在他的领导下,全村人均纯收入连年递增翻番。

山花烂漫，绚丽多彩

　　杨廷禄自己靠培植树种育苗发家致富，每年为防风固沙林和农田林网供应种树6万余株，还种麦田，榨油，养羊。从前自称世世代代的"铁穷汉"，如今成了远近闻名的富裕户。

　　芳菲四月，山花旅游节盛况空前，漫山遍野百花绽放争奇斗艳，石窟造像修葺一新，分外富有神采，尤其是博物馆的设计堪称精美绝伦。西海固的生态环境建设提高了人们美化环境的现代文明意识，推动了旅游产业的发展，培植了特色资源，实现了生态建设和经济发展的良性互动。西海固自然资源得天独厚，民族风情、历史人文景观丰富多彩，诸如六盘山国家森林公园、老龙潭、火石寨、南华山等风景名胜如同散落在华夏大地的璀璨明珠，熠熠生辉。三十载春华秋实后崛起的西海固，为中华民族的和谐发展谱写了壮丽诗篇，构筑了"绿色长城"的牢固基础，支撑起子孙万代建设美好家园的自强之路。给力，西海固！加油，西海固！

樱花绽放的国度一瞥

从远古时就备受敬仰的神山——富士山，至今仍是日本人心目中至高无上的象征

今年四月初，我到日本东京，恰逢樱花季节，洁白、粉红的樱花挂满枝头，在古老建筑和幽深小巷的陪衬下，都市面貌焕然一新，宛若步入花的海洋。

日本素有"樱花之国"的美誉，品种多达三百余个，我观赏了东京多处樱花盛开的景观。在日本，樱花品种最多的当属山樱、八重樱，吉野樱次之。山樱、吉野樱的花色不

粉红艳丽的樱花同时绽放

同于一般樱花那种白里透红、粉红透白的颜色,而是呈现一种非常稀少的莲灰色。八重樱不仅花瓣多,而且颜色红润浓重,非常艳丽。此外还有浅黄色的郁金樱,花蕊低垂的枝垂樱,花期较短的彼岸樱、菊樱等稀有品种。每当我漫步于山路两旁或幽深的街巷,这

樱花绽放的国度一瞥

樱花一层层、一堆堆，云海似的，弥漫着人的视野，使人仿佛置身于梦幻之中。和煦的阳光下，绯红万顷，流光溢彩，美不胜收。

每年3月末至5月上旬，日本四岛从南向北樱花盛开如锋面雨，吸引海内外游客，纷纷前来观赏。

樱花原产于中国，属落叶乔木，叶子椭圆形，总状花

雪白的樱花香飘四溢

序或伞房花序，白或粉红色，略带芳香。

赏樱，这个"赏"字是要有闲情逸志的，绝非一目了然，它蕴藏着人的理想、情操和精神生活。

天气渐暖，先是在枝杈上出现萌芽，接着抱团打苞，初开时，零落孤寂，其中一朵开花，旁边的花苞随之绽放，左枝右杈，整棵树长满了花，一株两株，成百上千株，怒放成林，蔚为壮观。日本人酷爱樱花，因为它代表了日本人的个性和内心，他们确信集体行动才强大。每当樱花节来临之际，许多人成群结队，身着节日盛装，络绎不绝地来到上野公园、隅田川和皇宫二重桥。说到开得最多、最美、最茂盛的，首推千鸟之渊。那

枝条上朵朵樱花吐蕊盛开

TA BIAN WU ZHOU QING WEI LIAO

79

含笑吐艳、轻盈如纱的藤花，轻轻摇曳，浮荡在空中，显得生机勃勃

里的樱树都在数百年乃至上千年以上，可乘坐船沿河直上观赏。人们在草坪、树下团团围坐，有的饮酒高歌，吟诗作画；还有的弹奏乐器，拍照摄影……一片欢乐祥和的气氛。

仔细观赏，你会发现樱花的美是淡雅的凄美，和艳丽的牡丹不同。

美好的东西，往往是短暂的，樱花的花期极短，不消一个星期，便开始凋落。

日本人的心理，歌颂失败者的居多，剖腹自杀也是悲剧。有的人悲情重，往往寄情于景，他们为樱花的消逝伤感，望着雪花般簌簌下落的花瓣，难受得泪珠簌簌流下，甚至还会痛哭一场；还有的人喝得酩酊大醉，横卧在树下，任凭花雨落在脸上、身上，甚至于让飘落的花瓣将自己掩埋。

与此同时，我不能不提及藤花，这是一种花期间隔时间较长的花。如同一年一度的樱花一样，花开花落非常神奇。恰逢在栃木县的足利公园举办了一场别开生面的藤花展，让我们赶上了一场千载难逢的机遇。花圃里的花儿有的盛开怒放，有的含苞待放，也有的刚刚开颜，真是满眼春色，紫、红、黄、白五彩缤纷，争芳斗艳，美不胜收。

栃木县足利公园举办的藤花展

日本是一个重视美食的国家，东京不同区域的名产美食，都散发着不同的魅力。

日本桥人形町一带是美食荟萃之地，远在一千多年前的江户时代，餐饮业就相当发达。我们在一家老字号餐厅品尝寿司——日本的传统美食。

前台做寿司的厨师手法灵巧利索，他捆扎的寿司卷不松不散，造型美观。瞬间，成品已摆上餐桌，当我拿起筷子正要品尝时，只见寿司卷上的海鲜小虾还在抖动身子斜翘起来，海胆和扇贝也活蹦乱跳，我兴奋地蘸上佐料，浓缩了鱼脂香味的寿司含在口中，鲜味十足，口福得饱。

银座商业区

筑地海鲜市场

周末，我们去银座繁华商业区品尝天妇罗料理，它综合了材料的新鲜、油炸的品质和温度，做出来的东西皮薄又不腻。我曾品尝过许多日本菜，唯有天妇罗是我最爱的料理。

一次聚会，朋友问我，日式料理的最高档次是？我毫不犹豫地回答，是怀石料理。这是日本餐饮业的佼佼者，它不仅是日本料理的最高境界，也是一种至高无上的艺术产品。

寿司料理

怀石料理

古朴典雅的温泉客房

日本全国遍布约3000个温泉,因此,日本人自古以来就喜欢泡澡。正如许多人所讲:"泡温泉是一种乐趣,没泡过温泉就等于没来过日本。"

日语统称温泉为"风吕"或"汤"。

我们慕名前往东京湾一座小城——热海,这里依山傍海,环境幽美,不仅温泉多,食宿也很方便。

这里,一进门就豁然开朗,院内到处绿树红花,亭轩错落,回廊曲折。浴室是露天风吕,四周由修长莹润的竹子围成栅栏,整个温泉像被镶在绿丝绒的斗篷里,丛丛倒影覆盖着半池泉水,池子是用大理石、花岗岩砌筑。客房里备有和服浴衣、布袜和木屐,蒲团坐垫和榻榻米飘着一股草香。

我们换上浴衣,用淋浴将身体冲洗干净,光着脚相互搀扶着踏入浴池。我用手试探地一摸,水温适中,水质柔润爽滑。我们踏入温泉,兴奋地泼水嬉戏,一股暖流迅速涌遍全身。

泡温泉观景很重要。我抬头仰望,天色阴晦,春雨悄然飘落,迷迷漫漫地覆盖着葱绿茂密的竹林。阵阵冷风吹拂,然而,身体泡在热水里并不觉得冷。当我们正欲起身,细雨夹着雪片烟似的不分方向乱飞,雪片贴在脸上、身上,片刻即被暖烘烘的体温融化。

"风吕"温泉(小池)

"风吕"温泉(大池)

回到房间，雨过天晴。我斟满一杯梅酒一饮而尽，只觉得神清气爽，真是惬意得很，不觉想起苏轼的诗《月夜与客饮杏花下》："山城酒薄不堪饮，劝君且吸杯中月。"

日本传统的歌舞伎座是以表演说唱为业的民间艺术团体，东京银座歌舞伎座已有百年历史。1914年由松竹在此地创业，后曾经历火灾烧毁、重建、扩建的坎坷经历，"桃山时代"为鼎盛期，被列为日本有形的文化遗产而载入史册。它有别于红灯区的黄色团体，是国家承认的固定产业。

这天，我们一家外出购物，途经银座歌舞伎座。这座新建已久的日本古典式楼阁，颇为引人注目，我拿出相机准备拍照，恰逢几个浓妆艳抹、俊目流盼着鲜艳和服的日本女子从这里路过，我按下快门留下了值得珍藏的瞬间。

早就听说岐阜县白川乡合掌村是个申遗成功的村落，那里的雪景绝美，还举办一年一度的浊酒节、亮灯节盛会，这一切都十分诱人。

我们一家冒着凛冽的严寒启程，从东京乘坐新干线到名古屋，后又转乘巴士共花费三个多小时才到达荻町离掌村不远的地方。随着风声，雪片飘洒，一阵紧似一阵，风绞着雪团团片片，纷

银座歌舞伎座

歌舞伎座剧场

樱花绽放的国度一瞥

TA BIAN WU ZHOU QING WEI LIAO

岐阜县白川乡合掌村雪景

纷扬扬,顷刻间天地一色,瑞雪弥漫了整个原野时,我们才到达目的地。眼前的景色令我极为振奋,这是一个冰雪的世界,奇异的景观透视出一个童话王国的古朴和宁静。最具特色的就是茅檐泥壁的农舍,散落在山腰间,仿佛一个打盹的圣诞老人,蜷伏在山岩的旁边,周围皆是晶莹剔透的树挂。在农舍的房顶,一缕一缕的炊烟在空中飘摇……

"合掌造"房屋建于300年前的江户至昭和时期。为了抵御大自然的严冬和冰雪,村民们创造出这一适应当地环境的大家族居住的建筑形式,他们就近取材,整座农舍不使用一根铁钉,而是用

洁白晶莹的冰凌树挂

榫卯、结绳建成。屋顶用茅草覆盖，三四年更换一次。为了防止积雪重压，房脊均建成60度的斜面，形如双手合掌，因此这里得名合掌村。

坐落在岐阜县白川乡山麓里的这个普通的小山庄，素有"森林与溪流王国"的美称，是一块由山川和森林共同孕育着的钟灵毓秀的地方，一年四季既有夏日绿谷溪涧的诗情画意，又有冬日绝佳美景的浪漫时光，尤其是冬日雪景更是远近闻名。

1995年12月在德国柏林召开的联合国教科文组织第十九届世界遗产委员会上，合掌村被列入世界文化遗产名录。

"合掌造"房脊

合掌村雪野风光

踏遍五洲情未了

毗邻国朝鲜纪行

朝鲜首都平壤，是朝鲜民族的发祥地，也是其民族文化的摇篮

  晓风飘来春意，沐浴着明媚的阳光，我踏上了丹东开往平壤的国际列车。车过鸭绿江大桥，我向车窗外眺望，进入眼帘的是残毁的鸭绿江断桥，那是20世纪50年代那场战争留下的历史见证。倾斜断裂着的拱型桥梁，弹痕累累、孤立着的桥墩，此时充塞在我心头的是刀光剑影、战火纷飞的情景。

惨毁的鸭绿江断桥

列车很快驶过隔江相望的新义州——朝鲜北方一座新兴的工业城市。列车风驰电掣般奔驰向东南,只见连续不断的远山一层一层向后飞逝。原野、乡村、城镇在眼前移过来,又迅速地流过去。四野空旷,偶尔看见一辆吉普车在乡间公路上奔驰。

远望依山开垦的梯田,有的荒芜着;有的长着青黄的麦苗,萎瘦稀疏。田里一个农夫手扶犁把,赶着一头老牛耕耘着……

即将到达终点的列车,就像一匹回槽的马驹似的,跑得又快又轻松,从车底卷出的激风,直吹得路边的树丛不停地旋转……

当我们来到风光秀丽的平壤,一种温暖、新鲜的感觉涌遍全身。那浓绿扑人的树荫,那纵横交错的大道,那树荫背后鳞次栉比的高楼大厦,如锦的鲜花,如茵的芳草,多么令人振奋!

平壤是朝鲜民主主义人民共和国首都,位于朝鲜半岛中西部地区。

平壤自古因风景优美,被列入"朝鲜八景"之一。万景峰、牡丹峰秀美的山色倒映在清澈的大同江上,相映成趣。平壤是朝鲜民族的发源地,也是其民族文化的发祥地。

5000年前,平壤为古

朝韩停战谈判签字地点

金日成广场

朝鲜国都,其后为东方强国高勾丽的京都。

平壤是金日成主席的故乡,处处留有金日成将军革命活动的足迹,祖国战争胜利结束后兴建的大纪念碑、主题思想塔、建党纪念塔、解放塔和友谊塔等皆雄伟壮丽。

千里马铜像

千里马铜像耸立在牡丹峰对面的万寿台上,是朝鲜的象征,也是平壤的标志性建筑。花岗岩的基座,巍然挺立的石碑犹如利剑刺向蓝天,顶部的千里马铜像气势磅礴,姿态雄伟,显示出一往无前、突飞猛进的气势。

战争期间,平壤曾遭受严重破坏,许多建筑遭侵略者狂轰滥炸,平壤市区几乎被夷为平地,到处烈焰熊熊,到处是残垣断壁,令人触目惊心。战后,英雄的朝鲜人民进行了艰苦卓绝的恢复建设工作,平壤市区街道宽敞明亮,绿化工作非常突出,绿树成荫,花草繁茂,绿化面积已达80%以上。辛勤劳苦的园林工人日夜奋战在第

万寿台大纪念碑

一线，为祖国面貌的改观做出了巨大的贡献。

雄伟的金日成广场，是首都的中央广场，总面积7.5万平方米，广场四周矗立着人民大学习堂、中央历史博物馆、美术馆等著名建筑群。每逢国家纪念日，重大的群众集会、阅兵仪式都在这里隆重举行。

辛勤劳动的园林工人

平壤电视塔

万景台在平壤市西南约20公里的大同江畔，周围群峰环绕，遍布翠柳与苍松。山峰上有古代的石砌烽火台，台下悬崖直逼大同江，水光山影，景色万千，因此名为万景台。在主峰万景峰顶建有万景楼，十檐飞翅，金碧辉

金日成主席的万景台故居

煌。登上楼台可远眺平壤市。台下的七谷洞是金日成主席的诞生地。1912年4月15日，金日成主席以父亲金亨稷和母亲康磐石的长子诞生在故居。从万景台通向万景峰的一路上有秋千场、军舰岩、滑冰岩、摔跤场和泉井等景观，分别立有木牌。记述着金日成主席童年时代的许多故事。

金日成与父母的住室

金日成与兄弟的住室

鸟语啁啾的早晨,我们去参观万景台故居,这是金日成主席的一家,一代接一代,共4代人生活居住的地方。远远望去,万景台故居犹如一块碧玉镶在充满繁花绿树的半山腰里。

在两幢相对的茅檐泥壁的农舍间,是灰砖铺就的长方形院落。院落明亮整洁,一幢正房朝阳,是金日成和父母、兄弟居住的地方。室内陈设着衣橱、书柜和方桌,显得简朴大方。

中朝友谊徽志

另一幢厢房三间背阴,是厨房和存放农具的仓库,餐饮器具摆放齐整,清清爽爽。西边靠墙根的地方吊着草帘子,是一间存放谷物的小草房。靠墙的台阶上摆放着3个坛罐,其中一个是烧制时就已变形的泡菜坛子,主人一直延用多年,可见勤俭持家的美德在金家世代相传。

夕阳衔山的黄昏,我们驱车路过巍巍的凯旋门,来到牡丹峰山麓的友谊塔。

友谊塔是为了歌颂抗美援朝战争中,中国人民志愿军建立的丰功伟绩,传承中朝友谊而建的。塔身由精雕细琢的1025块花岗岩石砌筑,象征中国人民志愿军参战纪念日——10月25日。

西天缀满彩霞,苍翠葱郁的松柏林里抹着一层淡淡的云烟。我们朝向友谊塔,恭敬地献上花篮和束束鲜花,表达了对援朝战争中英勇牺牲的先烈们的深切怀念。祝愿中朝两国人民用鲜血凝成的友谊代代相传,永放光芒。

友谊塔

天绘山水,悠然仙境下龙湾

下龙湾风光奇诡,洞穴、礁石呈现出千奇百怪的姿态,斗鸡石就是其中一景

越南北部的下龙湾,距离首都河内150多公里,我们乘车前往下龙湾码头。

时逢四月,正值旅游旺季,曙色微明,码头上已人声鼎沸,熙熙攘攘。一艘艘轮船、快艇,还有木帆船、渔舟,靠在码头旁。我们随着拥挤的水泄不通的人流,登上一艘游轮,船行起航,渐渐地驶入浩瀚的大海。

天绘山水，悠然仙境下龙湾

美景蝴蝶结石

　　海上胜景下龙湾是喀斯特地貌最瑰丽且典型的代表，在它1500平方公里的海面上，有3000多个大小岛屿和礁石。由于下龙湾的石灰岩小岛，形态各异，景色优美，与我国的桂林山水有异曲同工之妙，因此，凡到过这里的中国游客都亲切地称它为"海上桂林"。下龙湾被誉为"海美、山幽、洞奇"三绝，广为流传，1994年被列入世界自然遗产名录。

　　我站在甲板上远眺：星罗棋布的小岛，袒露着一层层乳白色、深褐色的石灰岩，在朝霞的辉映下，烟笼雾绕，熠熠生辉，一个衔着一个，就像浮在水中晶莹剔透、银光闪闪的玉石珠串；浩瀚无边的湛蓝的海洋，一道道波浪涌来，恰似一幅浓墨重彩的山水画卷。近看，这些富有神秘色彩的岛礁，竟是从海底深渊突起的礁群构成的，是地球"沧海桑田"自然变化的结果。岛上怪石嶙峋，杂树丛生，藤蔓密布，郁郁葱葱。还有许多洞窟，相互贯穿，仪态万千，造型奇特。其中，惊讶洞、木头洞和天宫洞是最不容易错过的自然景观，被评价为"海上艺术宫殿"和"洞穴科学博物馆"。

惊讶洞是最美石灰岩洞，须乘船和攀登五十级台阶方可入洞

　　我们从游轮换乘快艇，首先到惊讶洞探寻奥秘。从岛上攀爬50多级台阶进入洞中，仿佛进入神奇变幻的世界，到处都是形形色色的石钟乳、石笋、石柱，配上五颜六色的灯光，一个接一个，一片连一片，结成了一圈圈璀璨的大灯环，令人眼花眩晕。洞窟内10000多平方米的宽阔空间让人惊叹不已。最吸引人的莫过于洞顶上自然形成的小圆穴，这些圆穴仿佛是红黄紫橙的彩云，漂浮在空中，又好像歌舞剧院镶嵌的音效天花板，格外引人注目。

惊讶洞中造型奇特的石钟乳、石笋、石柱

　　木头洞是下龙湾最大的洞窟，需乘木船进入，它不仅是石灰岩穴的典型代表，而且又以极富传奇色彩的历史传说引人关注。进入洞窟，岸上陈列摆放着千年文物——水下木桩，这些长短不一、粗细不等的两端削尖，锐利、斑驳的木桩，诉说着久远的传说。1288年，蒙古铁骑踏入越南北方，名将陈兴道为抵御入侵者，洞中

埋下木桩陷阱。他们采取诱敌深入之策，致使蒙军误入歧途，船只遭受严重破坏，军队损失惨重，只得退兵败逃，木头洞也因此扬名四海。在洞窟中还能看到石钟乳美景，景点有金銮宝殿、玉柱擎天、海底龙宫等，惟妙惟肖，在灯光的映照下，反射出宝石般的光彩。

被评为世界八大自然遗产之一的下龙湾，处处是迷人的景观。我们先

水上市场交易的游客

后参观游览了"狼狗石"、"香鼎山"、"斗鸡石"、"罗马人头石"、"海上天坑"月亮湖等名胜景观，感受体验到了"船上眺桂林，悠悠富神山"的意境，一种嬉游的乐趣油然而生，十分惬意。

美丽的下龙湾之行，给我的一生留下了美好的记忆。

下龙湾摆渡湾的水上市场

95

郑和航海驻地马六甲

马来西亚的双子塔是最高的摩天大楼,是首都吉隆坡的地标性建筑

2014年6月12日,我同20名中老年旅游爱好者赴马来西亚观光,正午时分抵达港口小城马六甲。

海峡一片静寂,天是蔚蓝的,几只海鸥在水面上翱翔,孤帆在碧海中飘游远去……南岸的苏门答腊岛在烟雾笼罩中隐约可见。

郑和航海驻地马六甲

离海港不远便是城市中心荷兰广场，广场到处盛开着郁金香，犹如一座花园。马六甲至今保留有旧式三轮车，无疑是一道靓丽的风景。一眼望去，人力三轮车各个打扮得花枝招展，除了车轮，从车把到顶蓬都挂满了鲜花，有的还插着马来西亚国旗，为了招揽生意，车夫们不停地吆喝，还按着喇叭……

马六甲是马来西亚早期的定居点，东西方贸易要道，马六甲河穿城而过

两旁的建筑呈现出浓浓的殖民地色彩，大多两三层，没有高楼大厦，楼层外观都采用欧式风格，有些还饰有浮雕。马六甲河穿城而过，河畔的荷兰红屋是最负盛名的景观。红色的砖墙，白色的窗，屋顶墙面上标有鲜明的十字架，色彩光艳又不失古朴情调。这座建于17世纪的古老建筑，早期曾是荷兰总督府，长达300余年，直到20世纪80年代，才改建成博物馆，其中就有郑和的展览室。

小城曾是马六甲王国的繁华都城，它位于马来半岛南端，海峡北岸，历来是海上生命线的咽喉要道，地理位置非常重要。如今则是闻名于世的旅游胜地，给世界各地的旅客留下了深刻的印象。

史书记载，我国明朝航海家郑和率领船队七下西洋，寻访西太平洋、印

荷兰红屋早期曾为荷兰总督府，现已改成博物馆

喷水如柱的喷泉

度洋和非洲东部三十多个国家和地区，开创了世界航海史上的壮举。而鲜为人知的是，当时郑和船队驻扎的大本营就是马六甲，这里留有许多郑和活动的历史遗迹。

郑和（1371—1433年），原名马三保，回族，云南人。永乐三年六月十五日（1405年7月11日），郑和受明成祖朱棣派遣，从福建五虎门起航，一生曾七下西洋，历时28年，与亚非沿岸各国贸易往来，扩大了经济、文化交流，增强了各国人民之间的友谊。在第七次航海途中他不幸病逝于印度古里，将毕生献给了伟大的航海事业。

人们将马六甲比喻为文化大熔炉，东西方移民聚居于此，因此，语言、宗教、习俗等。融合了多民族、多种族的特点而独具一格。

郑和，曾率领船队七下西洋，开创了世界航海史上的壮举

马六甲最古老的街道首推金匠街,当地人称为"和谐街",原因在于这条街上,各种不同的宗教汇聚于此。虽说马来西亚是以伊斯兰教为主导的国家,但一直保持着宗教包容、文化融合的政策,所有不同的,甚至有的还存在矛盾冲突的教派,也能相安无事和平共处。在马六甲,佛寺、道观、清真寺、印度庙比比皆是。

三保庙又称青云亭,是为纪念郑和初次登上马六甲而建

青云亭,亦称三保庙,就是在这条街上,它建于1645年,是为了纪念郑和第一次到达马六甲而建。古庙飞檐翘角,粉墙黛瓦,耀眼夺目,庭院内载种了一株百年的大榕树。墙上还可以看到佛教、儒教和道教的教义。整座建筑全部用楠木建成,山门上书"五百年前留胜迹"、"四方界内显英灵"。殿内以生漆涂饰,黑红闪亮。庙内供奉观世音和天后娘娘。

大门中央的石碑记载着郑和下西洋的业绩。门旁矗立着郑和的青石雕像,伟岸的身躯,手握佩剑,一副威武刚毅的形象。

三保庙后不远处的三保山,是郑和船队当年驻营的地方。郑和经常在山上踱步思索,眺望大海,观察气象。后人便在他驻足之地盖起凉亭,命名三保亭。

三保庙内陈设的供奉佛像富有中国庙宇的传统风格

传说明朝汉丽宝公主于1409年远嫁马六甲苏丹满苏沙为王后，苏丹为公主和她的500名侍女修筑官殿，还开凿了一口"汉丽宝井"。后来郑和船队也饮用此井之水，后人因此也称其为三保井。

如今，此山香火不断，已成为华人祭祀先祖的重要场所，因为山上有一片25万平方米的华人墓地，长眠着12000名华人的灵魂……现已成为旅游华人必到的观光景点。

"汉丽宝井"，又称三保井

马六甲，一座多姿多彩而富有文化气息的小城，我耳闻目睹，许多画面在脑海里涌腾，久久地难以忘却。马六甲的美也许并不惊艳，但却余音绕梁，让人回味无穷。

在叙述了航海家郑和在马六甲小城发生的故事后，我不能不再次提及马来西亚这个国家其他有影响力的逸闻趣事。众所周知，马来西亚是一个美丽而又神奇的热带国家，素有黄金半岛之称，它北接泰国，南临新加坡和印度尼西亚，东近菲律宾，属于东南亚的中心地带。国土由马来半岛、婆罗州的沙巴和沙捞越两州合并而成。首都吉隆坡位于马来西亚的中西部，是马来西亚最大的城市，"吉隆坡"意为"泥泞的河"。这里也是华侨比较集中的城市，19世纪初，大批华工多从广东、福建到马来西亚从事矿业开发、水运交通、

马来西亚皇宫门前

皇宫侍卫

黄昏时的吉隆坡风光

海外贸易等苦役劳作,为马来西亚的繁荣发展做出了不朽的贡献。

吉隆坡终年如夏,树木成荫,阳光充足,鸟语花香,市容美观整洁,是东南亚少有的宜居城市。现代化的高楼大厦和传统的阿拉伯建筑并存,使这座马来名城独具风采,有"花园城市"的美誉。

吉隆坡市内各式各样的建筑和谐并存,巍峨耸立的双子塔高451.9米,是目前世界上最高的双子大楼,现已成为吉隆坡的地标。位于火车站以南庄严雄伟的皇宫是马来西亚国家元首的宫殿府邸,凡有重大的节日活动或皇室庆典均在这里举行。夜幕降临,披上绚烂色彩的宫殿,显得金碧辉煌,美不胜收。

马来西亚是一个多姿多彩的国家,马来西亚的人民是充满活力的人民。它那优美的自然风光和人文景观在我心目中久久地难以忘却。

位于首都吉隆坡的马来西亚皇宫

漫步"狮城之国"新加坡

新加坡的象征——鱼尾狮雕像端丽在新加坡河口,狮子不分昼夜地向大海喷水

　　从地图上看新加坡共和国酷似一头狮子,坐守在太平洋和印度洋的出入口,它位于马来半岛,是航海要道马六甲海峡的咽喉,由54个岛屿、9个礁滩组成,总面积约640平方公里。虽然是世界上最小的国家,却以繁荣、富足而闻名。它依山傍海,气候温暖,处处洋溢着浓郁的海滨风情和现代气息,更是人人向往的花园城市、旅游胜地。

滨海湾大道矗立着金融贸易大厦,见证着新加坡的繁荣昌盛

新加坡市街道纵横交错,密如蛛网,高层建筑鳞次栉比,高速路、地铁比比皆是,如果你漫步在绿树成荫的大街上,可见到不同肤色、操不同语言、穿不同服装的人群川流不息。每天都有来自世界各地的游客慕名观光,给这座城市增添了国际色彩。市区交通发达,往往电车会把你从一微微斜陡的坡路上送下来,停靠在栽满梧桐树和菩提树的鱼尾狮公园。如果你登上滨海湾42层楼高的摩天轮,它会挑战你的胆量。这是世界最大的观景摩天轮,坐在上面极目眺望,最为壮观的是新潮豪华的金沙酒店,这个拥有三座55层楼的大厦,顶层有精致的园林空中花园,设施齐备的餐厅、游泳池和世界最大的公共观景台,可享有360度无敌视野。

你还可以欣赏滨海湾另一处奇异建筑滨海艺术中心,其4000多片玻璃所组成的屋顶天窗,因其独特的造型而被昵称为"大榴梿"。这里集歌剧院、科技博物馆、酒店、会展中心等于一身,已是狮城的城市象征。坐在摩天轮上,你便觉得自己仿佛置身于高山之巅,新加坡河像一条柔软的带子紧紧围绕着这座美丽的城市,更可以远眺马来西亚、印度尼西亚风光明媚的岛屿,让空濛奇幻的海滩尽收眼底……

金沙酒店,三座55层楼高的大厦,顶层的空中花园可饱览新加坡的迷人景致

鱼尾狮公园是游览新加坡必到的景点,因为鱼尾狮是新加坡的象征。一大一小的鱼尾狮像背对而立,身上的鳞片由陶瓷制成,口中喷向大海的水柱如同白色玉带秀美无比。

公园两边路上栽植的行行梧桐、桉树葱葱茏茏,挺拔茁壮,宽阔的草坪就像一张张碧绿的绒毯覆盖在这片美丽富饶的大地上。

新加坡市的夜景很迷人。一栋栋高层的普通市民住宅,每层都整齐有序地装着公用灯、室灯、门灯、柱灯、街灯、花朵般美丽的霓虹灯放出耀眼的光芒;商业大厦、办公大楼也都安装反射灯照亮大楼的轮廓;港口码头星星点点的信号灯时明时暗,停泊在码头挂有各色彩旗的外国海轮上的灯火,通宵达旦……

新加坡滨海艺术中心,独特的造型被称为"大榴梿"

夜幕下的圣淘沙广场，鱼尾狮塔为新加坡最高的塔

圣淘沙广漠的天幕上闪烁着五颜六色的烟火，孔雀开屏、百花齐放、宫灯流苏……一串串、一道道绚丽的光束升腾、绽放、飘落，光华四射，流光溢彩，洋溢着浓郁的东方情调。焰火表演和音乐喷泉是圣淘沙最显著的特色，也是一项晚间的特级表演节目。伴随着欢快奔放的音乐旋律，广场上的喷泉涌出富有节奏起伏跳跃的水柱，浪花旋转扭动，向左右上下喷射。而灯光配合则色彩变幻，多姿多彩，观赏的人群络绎不绝，人们仰望夜空，都看得如痴如醉，体验这场结合音乐、焰火及电脑效果，令人叹为观止、蔚为壮观的"水幕激光汇演"。

圣淘沙是新加坡政府打造的一个自然休闲度假胜地。圣淘沙不单水清沙软，还相继落成多个综合娱乐项目和设施。

圣淘沙的鱼尾狮塔高37米，是新加坡最高的鱼尾狮雕像。游客可以登上塔顶，从狮子张开的口中，或透过狮子的眼睛，从高处鸟瞰圣淘沙美丽的海滩全景。

海底世界是一个巨型水族馆，拥有250个品种、2500只海洋生物，色彩斑斓的珊瑚区养殖着不同种类的海洋生物和珊瑚礁。尤其有着莫大吸引力的项目是跟海豚畅泳。海豚乐园的中央是个大水池，周围是沙滩和棕榈树，充满热带风情。除了欣赏海豚表演的节

圣淘沙已开发成设备齐全的海上乐园,节假日会举办激光焰火水幕汇演

目外,游客还可以与海豚近距离接触。穿好救生衣,经短时间培训后,便可入水和海豚游戏,你可以抚摸海豚的身体;拉着海豚的背鳍畅游;它会和你嬉戏握手;还会围在你的身边游来游去,活像一个顽皮的孩子招人喜爱……高智能的动物给人们留下了美好的瞬间记忆。

圣淘沙四面环水,阳光明媚,海水湛蓝,水清沙软,是一个专属度假、娱乐、休闲的岛屿。星岛上有三个美丽的海滩:西乐索海滩、丹戎海滩和巴拉湾海滩。

星岛有长达2000米的美丽海滩,一排排高大的椰树擎着巨伞给海滩遮阳,游客在这里不但可以找到风帆冲浪,还可以玩沙滩排球。这里的海滩沙软滩平,海水由浅入深是游泳者的天堂。三五成群的泳者游入海湾的怀抱里,击浪于碧波之间,浮沉于银浪之上,任凭风吹浪打,胜似闲庭信步。

游累了上岸休息片刻,沙滩齐平如茵褥,阳光明媚润肌肤,着艳丽泳装,戴深褐色太阳镜的人们,在洁白如银的沙滩上,或躺或仰或卧或坐,有的边饮咖啡边听音乐,享受着无比惬意的日光浴。

参天耸立的椰树在海风吹拂下轻轻摇摆，沙滩上，一阵阵浪涛无休止地簇拥着浪花，漫上滩面，奏出金铃竹鼓般的交响曲，划上一道道乐谱式的浪迹，然后扬长而去。一对对情侣在这片充满悠闲气氛，富于诗情画意的环境里，都为顺应大自然的安

新加坡花园绿荫下的草坪

滨海湾公园生长的花树，在半空展开枝叶和盛开的花朵

的安排而变得天真烂漫，童稚纯真，定会兴致勃勃地拾贝壳、矶珠海石，追捕海蟹、牡蛎，或堆沙垒塔，或追逐嬉戏……

　　从巴拉湾海滩走过一座独具特色的吊桥是一个小岛，便可到达亚洲大陆的最南端，有块石头标志着这里是亚洲最接近赤道的地方。站在小岛上可以遥遥远眺浩瀚无垠的南中国海。

　　新加坡是一个美丽的国度，新加坡人友善，好客；多个种族，民族以及所伴随的不同文化交汇融合，显现出独属于它自己的韵味，有着莫大的吸引力，令人流连忘返，令人不忍离去。如果说世界是一个缀满宝石的王冠，那么新加坡无疑是这个王冠上璀璨耀眼的钻石。这个拥有独特律动节拍的都会城市，将以和谐民生，永续发展及整体环境为音符，谱出一首岛国独有的城市交响曲。

椰树、棕榈树环抱的海滨美景

探秘泰国国宝独韵

泰国首都曼谷位于湄南河畔，被誉为"天使之都"、"万佛之城"、"东方威尼斯"

　　泰国古称暹罗，自1238年建国以来，先后有4个王朝以首都的名字命名：素可泰、大城、吞武里和曼谷，近800年的古都沧桑给泰国留下诸多的文化古迹，国宝文物举不胜数，灿烂的文化以其独具特色闻名遐迩。大王宫规模宏大，是目前保存完整的宫殿式建筑群，22座宫殿阡陌交错地掩映在绿树花草之间，显示着独属于暹罗式的艺术魅力。

芳菲正浓的盛夏,我们一行游客乘渡船前往大王宫。远远望去,金碧辉煌的宫殿,潋滟的湄南河畔,在茸茸青草、叶茂的菩提树下徜徉其间;艳阳高照,查克里宫三座直插云霄的佛塔尖顶;都实宫中描金镂花的珍珠宝座;节律宫里清晰可辨的莲花纹饰;众生膜拜的金光四射的尊尊佛像……整个大王宫无一不散发着佛教气息,王权和佛教融为一体正是泰王国的独韵之处。

大王宫的经典之作当属拉玛一世建造的都实宫,曾多次在世界建筑博览会上获奖,许多建筑泰斗称其为宫廷建筑的典范。殿的主体四重檐屋顶原是英国维多利亚式的,国王拉玛一世为了使王宫具有民族特色,决定让泰国设计师设计屋顶,全是木制,呈十字形分布在东西南北中五个方位,彰显出王权的尊贵。

黄昏下的大王宫

融汇东西方建筑风格的大王宫

泰国全民笃信佛教,寺庙建筑是泰国文化的精粹,仅曼谷就有大小佛寺300余处。坐落于大王宫东北角的玉佛寺,作为大王宫里的主体建筑之一,是泰国的佛教圣地,也是世界名胜,它与卧佛寺、金佛寺并称为泰国"三大国宝",为泰国全民族所敬仰。

大王宫玉佛寺久负盛名，主体建筑玉佛殿厅堂雄伟，镀金佛台上供奉着用纯翡翠雕成的玉佛

　　玉佛寺又称护国寺，始建于1782年，占大王宫面积的四分之一。殿内11米高的镀金佛台上，供奉着68厘米高、价值连城的玉佛，它是由整块翡翠玉石雕琢而成，形象栩栩如生。泰国历代国王每年随季节变化三次为玉佛更换金缕袈裟，纯金制成的金缕袈裟，缀满各色宝石。

大王宫富有泰国建筑风格的屋顶

大王宫门前的守护神

金佛寺是由三位华人集资筹建的庙宇，寺内供奉着一尊重5.5吨。高3米的纯金佛像，洋溢着素可泰风情，光彩炫目。

芭提雅本是暹罗湾的小渔村，越战期间，由于美国海军陆战队的驻扎，才逐渐发展成为一座繁华的港口城市。在泰国一向是禁赌不禁黄，加之千佛

泰国曼谷明星歌舞团的人妖表演

之国释迦情怀的宽恕与包容，红灯区已被世界熟知，一种特殊的群体——人妖也找到了属于他们的缤纷舞台。人妖歌舞表演赢得了海内外游客的青睐，泰国"特色"人妖，成为"三大国宝"之一，是其旅游业的重要支柱。

繁星闪烁的夜晚，在暹罗湾停泊着一艘"东方公主号"游轮，游客们有幸浏览了一场饕餮盛宴。幕徐徐展开，一阵清脆的欢呼……他们在一支活泼的华尔兹舞曲中翩翩起舞，红色的统裙像朵朵怒放的山茶，随风飞转，又像一片片燃烧的篝火，照彻夜空，一个颜值超群的男人，他们的社会定位却是女性，以妖娆妩媚和婀娜的身材赚取金钱，大多数人妖选择如此的谋生之路，源于贫困的出身，他们从小就接受女性化的培训，如何唱歌跳舞，如何化妆打扮；还要长期服用药物，打针注射雌激素；他们的

人妖歌舞表演为泰国财政赚取大量外汇，成为"三大国宝"之一

寿命极短,平均只有40岁左右,也许这就是他们悲惨的命运。

他们一生中只有欢乐没有忧愁的时刻,就是一年一度的蒂芬妮选美大赛,盛况空前,令人血脉偾张。靓丽的人妖在反差中演绎性感与率性之美,使真正的美女也自愧不如。蒂芬妮选美堪称世界级大赛,摘取人妖秀桂冠的选手得天独厚无上荣耀。

"东方公主号"的人妖歌舞表演仍在进行,一曲悠扬悦耳的歌声在暹罗湾的夜空中久久回荡……

大象,在泰国被称为"国宝"。在曼谷的大象训练营我亲眼目睹了一场惊险神奇的大象表演。大象可以直立仰头,可以侧卧睡眠,可以骑车前行,可以投篮球……他们用鼻子牵着前面大象的尾巴绕场一周,可以用长鼻子玩耍,做出各种动作,简直无所不能,在泰国,旅游骑象是必玩的项目。

虽说世界上有大象的地方并不少,但与大象相处如此亲密无间的却只有泰国。在曼谷,大街小巷悠然闲逛的大象比比皆是,大象不仅可以替人劳作,还是舞台上的主角。象是泰国的国宝图腾,尤其白象与中国龙一样神圣。在泰国,大象不能随意交易买卖,不能利用象牙、象骨制作工艺品,如果一经发现便被视为触犯法律而受到严惩,所以,大象在泰国受到了至高无上的尊宠和待遇。

训练营中的大象表演赢得了游客的欢迎

宗教之国尼泊尔

尼泊尔北部为世界屋脊,南部为谷地平原,地势急剧下降,形成了多姿多彩的气候和自然美景

尼泊尔位于喜马拉雅山脉中段南麓,素有"山国"之称,是世界上最不发达的国家之一。然而尼泊尔人生活丰富多彩,这里是一个神秘、多彩的国度。境内有尼瓦尔、古隆、马嘉等30多个民族,几乎全民信教,以信仰印度教、佛教的人数最多。宗教是尼泊尔文化的重要组成部分,也许就是信仰的力量,让这里显得神圣,充满了神秘色彩。

加德满都谷地是尼泊尔民族的发祥地和文化摇篮。首都加德满都位于它的西北部，是以一栋三重檐的塔庙式建筑为中心而建造起来的城市，拥有千年以上的历史古迹，并以精美的建筑艺术。木石雕刻而成为尼泊尔古代文化的象征。历代王朝在这里修建了数目众多的宫殿、庙

清晨的一缕阳光照在古城巴德岗的每个角落，犬吠声更增添了广场的宁静

雕工精致的黄金门

巴德岗最高的石砌寺庙——尼亚塔波拉神庙

宗教之国尼泊尔

TA BIAN WU ZHOU QING WEI LIAO

宇、宝塔,在面积不到7平方公里的市中心有佛塔250多座,所以又被称为"寺庙之城"。

在尼泊尔共有三个杜巴广场,即加德满都、帕坦和巴德岗(巴克塔普尔)。"杜巴"尼波尔语意为"皇宫"。我们首先来到巴德岗,这是规模最大的一座广场。

陶器作坊里打工晒陶器的尼泊尔妇女

清晨,从沉睡中醒来的巴德岗,显得格外恬静美丽。红色的街道,红色的楼房、庙宇,红色的基调遍布城中的每一个角落,这里是名符其实的红色古城。不大的广场错落有致地坐落着别致的殿宇,华美鎏金顶熠熠生辉,重檐下的风铃叮当作响。雕刻精美的黄金门、孔雀窗散发着艺术气息,五层石砌的最高的尼亚塔波拉神庙巍然耸立;几百年生生不息的鸽子在广场上觅食,自由自在地低徊翱翔……

巴德岗是一座很特别的城,意为"朝圣之城"。被联合国誉为"活的遗址"和"露天博物馆"。

全球有难以数计的神灵、佛和菩萨以及各种化身和显现,"神"在许多国家里只是一种象征,多以造像、壁画、文字的形式出现。然而尼泊尔却是一个特例,是世界上唯一

杜巴广场上贩卖面具的小摊,是尼泊尔节日用的道具,具有民族特色

2008年在加德满都入封的库玛丽女神

有活女神存在的国家。

库玛丽女神是尼瓦族特有的活女神,是从纽瓦丽金银匠种姓的女童中挑选,通常是4岁到青春期的女孩,必须经过32项严格的挑选程序,包括身体检查、出生星像、遇到恐怖惊吓时能从容无惧等,最后还有一个与挑选活佛转世灵童相似的环节,必须能辨认出她"前世"穿过的衣服和佩戴过的饰物,最终才会成为活女神。上任后她和家人就会搬入库玛丽神庙,与外界隔绝。每年仅出巡6次,其中以因陀罗节庆最为盛大,她将乘坐花车巡游全城,就连国王也要前来参拜。一旦活女神到了青春期便会由下任接替,而她将恢复凡人之身,但其恢复凡人生活的过程将会格外艰难。

坐落在加德满都古城的库玛丽神庙,每天上午9—11点,库玛丽活女神会接受人们瞻仰。

12月2日是个晴天,上午11时整,在神庙顶层三楼的正中窗口,库玛丽女神出现了,她雍容华贵,仪表端庄,肌肤微丰,她的全身都充沛着一种神的活力,不到一分钟,瞻仰时间就结束了。

加德满都库玛丽神庙是女活佛的居住地

博德纳佛塔是世界上最大的露钵状半圆形佛塔,如同一座山城

博德纳佛塔是尼泊尔的必游景点,这座世界最大的圆佛塔,有着一千多年的历史。我抬头仰望这座雄伟的佛塔,心中充满无限崇敬的心情,我虽然不信仰佛教,但此刻仍能感觉到扑面而来的神圣气息。

佛塔上的每个元素都有象征意义:方形的塔基象征"土";半球形的塔身代表"水";细长的塔尖象征"火";尖塔上的3级台阶象征着成佛之路,台阶顶端的新月形装饰象征"气",直立的尖刺象征着苍穹或佛的圣光。矩形的塔身上,每面都绘有佛祖的眼睛。看起来好像人的鼻子的造型,其实代表梵文的数字"1",据说象征佛祖的地位至高无上。

博德纳佛塔每面都绘有佛祖的眼睛

由于信仰佛法的力量,每年来这里的朝圣者络绎不绝。骄阳肆虐的正午,塔上香烟缭绕,花花绿绿的经幡随风飘拂,许多虔诚的转经人,手摇法轮,嘴里不断诵读着经文,围绕在塔下缓缓移动。一位叩

虔诚的佛教善男信女，口念箴言，环绕佛塔缓缓而行

长头的老妇，双手合十跪地，全身擦着地面俯卧，连额头也会触碰到地上，真可谓五体投地。老妇人年逾花甲，孤身一人，拜神敬佛从未间断。我想这发自内心的信仰，正是每一位尼泊尔人珍存的理想，也许这就是信仰的力量。

在加德满都的大街小巷，偶尔会遇见一伙蓬头垢面、满脸络腮胡须，前额涂抹红白相间纹络，打扮奇特的流浪汉，他们大多是从印度来的苦行僧。独往独来、我行我素是他们的修行方式，他们以天为被，以地为床，过着饥寒交迫的日子。只要有吃的，他们可以在屋檐下睡上几天，甚至几个星期不动。虽然清贫，心中却拥有坚定的信仰，因此获得许多尼泊尔人的同情和怜悯。

流浪街头的苦行僧

图片中我拍到的这位苦行老人,纯属偶遇使然,当镜头对准他时他没有不悦的回避,只是静静地看着我,目光中流露出慈祥、安宁的内心,我能感觉到他的真诚大度,深邃的目光是他对神的一种敬仰、一种膜拜,无需太多的语言,行为就是最好的见证。

　　在即将向尼泊尔告别的头天晚上,我们乘车从加都出发,前往"喜马拉雅山观景台"纳加阔特。这是观赏雪山视角较广的地方,那里有尼泊尔最出名的日出与日落。如果天气好,能见度高,还能看到珠穆朗玛峰。

　　尼泊尔素有"山国"之称,山地占总面积的四分之三,世界最高峰珠穆朗玛峰尼泊尔的名字叫萨加玛塔(尼泊尔高度海拔8844.43米),位于喜马拉雅山麓,尼泊尔人尊称它为"神山"、"圣山"。与喜马拉雅山共存的尼泊尔,也是与神灵普爱的宗教共存的国度,无数人魂牵梦萦,只为了看一眼心中神圣的雪山,在他们看来,全世界最高的山峰,当之无愧是最接近天堂的地方。人们质朴的眼神,执着、清纯、宁静;祥和的心态,悠闲、平淡、稳定……

　　尼泊尔人崇尚珍爱自然,在近期公布的国家规划中,尼泊尔人将11.3%的国土划入野生动物和自然保护区范围,对于一个可耕种土地面积有限的贫穷山国,无疑是一项重大举措。在守护生态、回归自然的征途上,有着他们追求的梦想和祈求神灵保佑的虔诚。

尼泊尔境内珠穆朗玛峰在尼泊尔人心目中被视为"神山"、"圣山"

感受古老灿烂的印度文明

人类七大奇迹之一的泰姬陵

印度古称"婆罗多",曾创造了灿烂的印度河文明。印度底蕴丰厚,以其独特的文化令人向往,新德里、阿格拉和斋浦尔构成旅游胜地的"金三角",是一道精彩的文化盛宴。

"德里"一词来自波斯文,意为"门槛"。德里是古老传统与现代文明结合的一座城市。首都新德里是印度新的里程碑,它让人们看到了印度发展的步伐,"金三角"之旅就

泰姬陵后大门

就从新德里开始。

清晨,新德里弥漫着浓雾,高高耸立的印度门像悬浮于半空的蜃楼,若隐若现。在浓厚得对面不见人影的大雾中商瑟大道异常寂静,国会大厦、总统府大厦也包裹上了隐匿的外衣,变得模糊不清。远处,传来清脆的哨音和口令声,唰唰的脚步声由远而近,却不见护卫队士兵们的身影,原来他们正在操练⋯⋯在翻腾缭绕的雾气中,我们驱车前往北方邦的阿格拉市。

泰姬玛哈陵,是莫卧儿王朝皇帝沙·贾汗为爱妃泰吉·玛哈尔所建的陵墓。印度诗圣泰戈尔曾说,泰姬陵像"一滴爱的泪珠"。一代君王把他的深情刻在了不朽的丰碑上,流芳百世。泰姬·玛哈尔入宫19年,无论沙·贾汗出征还是被放逐,她都伴随身边,沙·贾

从大门到陵墓的红石信道,两旁的人行道,中间一条流水汇聚成水池

汗封她为"泰姬·玛哈",意为"宫廷的王冠"。在生下第14个孩子后,泰姬死在南征的军帐里。沙·贾汗为了寄托哀思,按照她生前的凤愿,在世界各地征召能工巧匠,花费了22年时间,建成了这座一直为人们赞美的陵墓。应该说泰姬陵就是印度的代名词,这项被誉为人类七大奇迹之一的宏伟工程,浓缩了一个伟大民族和文明古国数千年的灿烂文化。

阿格拉堡又称红堡,是阿克巴大帝耗费10年心血建的一座豪华宫殿

泰姬陵的整体设计与结构,集伊斯兰与印度建筑艺术风格于一体。陵墓采用洁白的大理石筑建,从大门到陵墓100米用红石铺成笔直的甬道,两旁人行道,中间一条清澈透明的流水,汇聚成大水池,池水激滟,碧波盈盈。四周栽种奇花异草,芳香四溢。主体陵宫高74米,建在约7米高的台基上,上面是圆顶寝宫,上部为高耸饱满的穹顶,基座四角为三层塔楼,与主体彼此呼应,相得益彰。陵宫四周各有巨大的拱门,形似壁龛,配透雕石扉,还有上下两层的6座小拱门,形如石窗,寝宫内呈八角形,分为5间墓室,壁上有用宝石镶嵌的花朵图案。

深夜,皎洁的月光如洒向大地的水银,似一缕缕柔和的轻纱披在泰姬陵上,反射出淡淡的紫光,恰如风姿绰约的窈窕仙女落在人间……

阿格拉堡是印度著名的古皇宫,它距泰姬陵2公里,位于亚穆纳河畔,城堡外形酷似一高耸坚固的边关要塞。四周围有雄伟的双层红色砂石城墙,古城略成半月形,有6道城门。城内古建筑群,完全是印度教和伊斯兰教建筑艺术风格。最精致美观的是一座八角楼,这是皇帝沙·贾汗送给宠妃泰姬的生日礼物,

八角楼门庭

感受古老灿烂的印度文明

TA BIAN WU ZHOU QING WEI LIAO

粉红之城斋普尔的购物天堂

市场上的耍蛇人

室内墙壁有宝石镶嵌的图案,光彩夺目。有一颗硕大的宝石可折射出泰姬陵的全貌,传说沙·贾汗被儿子欧朗则篡位后,幽禁此处,他常从宝石里遥望泰姬陵。

斋浦尔是拉贾斯坦邦首府。斋浦尔现分为新旧两城,如今,城市风貌依然保持着昔日的风采。

黎明的曙光揭去夜幕的轻纱,吐出灿烂的朝霞,我们乘车穿过拱形城门,便来到了一个粉红色的世界。粉红色的楼房,粉红色的店铺,就连公共卫生间也是粉红色,置身其中如同进入了粉红色的梦幻世界。市场上人声鼎沸,热闹非凡,临街的店铺摆满了金银首饰、木石雕刻、工艺版画和各式各样的服装、鞋帽,琳琅满目,简直是一座购物天堂。

斋浦尔的标志性建筑物——风宫,是城市宫殿的一部分。这座高大的红色砂岩建筑有953扇精雕细刻的镂空窗户,窗户三面突出,呈蜂巢形。设计风宫的初衷是为了王室贵妇们能站在高处,透过镂空窗户,观看市民的市井生活和节庆游行,而自身又不会被人看见。

粉红之城斋普尔的标志性建筑——风宫

城市宫殿现部分已改为博物馆

　　城市宫殿是印度目前保存最完好的古迹之一,这座最大的豪华建筑物,几乎占据了旧城的七分之一。它由多个宫殿组成,其中一部分现已改建成博物馆。博物馆主要陈列艺术珍品及古籍,墙壁上有用红宝石、黄金磨成的颜料绘制的名画,还有用水晶制成手柄的黄金短刀、宝剑以及双筒大炮等,令人目不暇接。在展品中有两个全球最大的银壶水罐,据说是曾为远赴英国留学的王子运送恒河圣水。

　　印度是信奉宗教的国度,宗教派系之多世界罕见,许多人从出生到就业乃至婚丧嫁娶都要祈祷神的庇佑,其中,印度教信仰的人最多,是第一大教。在熙熙攘攘的闹市,

城市宫殿

全球最大的银壶水罐

经常会看到奇特的现象,一头牛悠闲地散步、觅食,甚至横卧于马路中央,对过往的行人熟视无睹,就连交警也束手无策,行人、车辆只好绕道而行。因为印度教徒因此,牛享有超乎寻常的待遇,千万不可冒犯。

印度传统服饰明朗、飘逸、鲜艳,尤其女装更是靓丽超凡。女士传统民族服装主要是纱丽和旁遮普服。"纱丽"较为普遍,是一块长6米、宽2米的布料,裹在身上,露出两臂和腰部并配有衬裙和紧身胸衣,面料颜色五彩缤纷,图案千变万化。除纱丽外,"旁遮普服"也是不错的选择,上身穿宽松长到膝盖的外衣,下身穿紧身裤子,脖颈上系一条薄如蝉翼的纱巾。走起路来,纱巾随风拂动,显得潇洒飘逸,别有风韵。

印度是一个固守传统的国家,时至今日许多陈规陋习、早该摈弃的习俗、观念仍有市场,种族歧视至今仍未消除,例如种姓制度、对妇女歧视的嫁妆制度等不一而足。

黄昏,西天缀满鲜艳的彩霞,像一片片火绒似的挂满新德里的上空,庄严的国会大厦圆形阁楼,恬静的总统府花园,宽阔美丽的拉惹霸大道,气势磅礴的康乐广场,以及朱木拿河的奔腾流水,都被笼罩在一片柔和而又妩媚的红光里。整个新德里,好像已经入睡。绿色的树荫,白

护卫宫殿的卫士们

护卫宫殿的服务人员

顶着铝盆往琥珀宫送午餐的印度妇女

身着民族服饰纱丽和旁遮普服的印度妇女

色的廊柱,粉红色的墙垣,都以其本来的色调同黄昏的金色溶为一种梦幻般的朦胧,有着梦境般的美。广袤原野,古韵犹存,此时此刻新德里没有喧闹,没有微尘,真是静极了,美极了。

印度的万种风情,令人留连,令人思索,传统的民风民俗也会随着时代的步伐有所演变,正如朝霞与晚霞会变换不同的颜色。晚霞自淡而浓,自金黄而碧紫;朝霞自浓而淡,自青紫而深红。如果你没有来过印度,没有去过"金三角"一游,那么它的神秘的面纱将不会被揭开,你将永远无法领略这个梦幻般的天堂。

穿着民族服饰的印度中老年妇女

古丝绸之路上的土耳其印记

旭日从墨蓝色的爱琴海冉冉升起

土耳其大部分地区位于亚洲大陆,被称为安纳托利亚或小亚细亚。土耳其的西北角,被称为东色雷斯(自爱琴海到多瑙河的巴尔干半岛东南端),属欧洲部分地区。土耳其是联系东方和西方以及亚欧大陆的桥梁和纽带。土耳其是由地中海文化和多种文化融合的一个多民族文化的国家。它是一座"世界上最大的露天博物馆",留下了人类持续不断进步的痕迹,是当之无愧的"人类文明的摇篮"。

艾菲斯是世界上最广阔的古代城市遗址

深秋清晨,启明星最后隐去,朝霞从爱琴海喷射而出,古城艾菲斯披上了胭脂色的霞光。

艾菲斯又称以弗所,是距今3000年前后古罗马时期的典型城市。

展现在眼前的是倒塌的城堡,地震后满目疮痍的废墟。然而城市轮廓犹存,显示着雄伟的气势。经过修复,大多数建筑物已恢复大体上的位置。一排精雕细琢的石柱在风雨中巍然屹立,仿佛诉说着岁月沧桑和已逝去的辉煌。

我们穿过玛格乃萨门,高耸的城墙,留下残垣断壁;旁边是拱顶型结构的浴室,保存完好的输水管道就坐落在附近。

古罗马元老院和市政厅曾经是城市管理者。广场上作为城市标记的神圣火焰依旧燃烧着,原来是库瑞特的牧师们用木柴维持着火焰,永不熄灭。城市中央的库瑞特大道,纵横交错,一直延伸到海港。在路的右侧你会看到哈迪安神庙,高高耸立的石柱上雕塑着浮雕和花纹,还有造型美观的纪念喷泉。

瞿苏斯图书馆遗址

瞿苏斯图书馆坐落在大理石街,当时曾收藏12000册书卷,它是古代科技文化登峰造极的象征,不仅在艾菲斯而且在世界上也可以算作

古代剧场遗址

最为成功修复的古代建筑遗址。

坐落在大理石街末端的古代剧场，可容纳24000名观众观看节目。观众席沿着帕纳依山向下倾斜，乐队在马蹄铁形的平台上演奏，是世界最大、具有希腊罗马式风格的古代剧院。

众多古遗迹中最为灿烂的是月亮和狩猎女神阿耳特弥斯神庙，被人们称为古代人类文明七大奇迹之一。如今，只有一片凌乱的考古挖掘地和一只孤独的石柱，依然树立在那里。这是曾经显赫一时的阿耳特弥斯神庙唯一留下的遗迹。

从省会城市丹尼兹利驱车半小时便到达帕姆卡莱，又称棉花堡。这里的一大奇观是由热泉中喷发出高钙的矿泉水所沉淀的石灰沉积物，在碳气蒸发后形成了石灰华和水池，造出一个虚幻的美景。在阳光的照射下，皑皑冰雪高悬的洞顶，流淌着湛蓝如镜的水，这就是上天赐给人类的最好的礼物。

我们搭乘内陆航班飞往卡帕多奇亚，去游览古罗密天然博物馆。它是由远古时代火山喷发熔岩构成的火山岩高原，经过十多个世纪的风化和天然侵蚀，形成奇特的笋状石柱和烟囱状的石丛。它是世界上最壮观的风化区，触目所及是被"吹残"后的石雕群像，

棉花堡石灰沉积物所形成的石灰华和水池

千姿百态，无奇不有，使人梦幻般地仿佛走进外星世界。美国的科幻娱乐大片《星球大战》曾在这里拍摄外景。从4世纪开始，基督教徒为逃避阿拉伯人的追杀围剿，在无数悬崖、深谷中的荒凉不毛之地，建有成百上千座古老的岩穴教堂。在古罗密我们登上一座蘑菇状的山峦，上面有一个叫"苹果"的教堂。

古罗密天然博物馆

卡帕多奇亚的仙女峰

这是此地规模最大的教堂,以圆锥形天花板支撑,墙壁上有手绘壁画,描述了《圣经》中的故事,色调浓重,构思巧妙,线条清晰。夕阳收起余晖,特纳次山上的沉沉暮霭渐渐地浓密了,我们抵达山脚下的苏丹哈纳驿站参观。

远远望去,在空旷寥廓的原野上,驿站仿佛是一座巍然屹立的古堡。院墙虽然败壁残缺,厚厚的木板门也布满了刀伤和弹痕,但它却倒挂着绿油油的藤蔓,显得生机盎然。

驿站虽然已经多年不再住人,但依然保存完好。古宅东墙边是整齐的住所,宽敞明亮。顺墙根靠边有一间厨房,门口垒着锅灶。西墙边的马厩和储存草料的仓库,有石灰涂抹的雪白的痕迹。宅后有一个遮满杂草的废井,已经干涸,成了青蛙的栖息地。

这里是横跨古丝绸之路的要塞重镇,当年执政的塞尔柱和奥斯曼苏丹为确保商队的安全,对抗土匪和强盗,在沿途建起了成百上千座驿站和不计其数的旅馆,为商旅和丝绸、茶叶、染料、香料等货物,提供保护地和避难所。

每当初升的太阳映红东方,老板和伙计们就会向远方眺望,他们从远处骆驼队扬起的尘土中,就能判断商旅人数有多少,

古丝绸之路上的苏丹哈纳驿站

博斯普鲁斯大吊桥

会提供汤、面包和蜡烛,同时每匹马、骆驼会发给草料和燕麦,客人们还可以免费住三天。

在漫长的通商贸易中,土耳其始终是一个友好的国家,在古丝绸之路上发挥了应有的作用。

伊斯坦布尔是跨欧亚两大洲的最大城市,它位于博斯普鲁斯海峡南端两岸,是古代丝绸之路西端的终点,也是古丝绸之路通向欧洲的唯一通道。古称拜占庭,伊斯坦布尔扼住黑海咽喉要道,战略位置十分重要,也是欧亚交通枢纽,著名的大吊桥——博斯普鲁斯大桥将欧亚大陆联系在一起,十分雄伟壮观。

博斯普鲁斯海峡航行的邮轮

埃及文明古国之行

埃及金字塔

　　埃及是人类早期文明重要发祥地,世界四大文明古国之一,有7000年的悠久历史和灿烂文化,吉萨金字塔和阿布辛贝勒神庙就是其中的代表作。

　　一个炎热的夏日,我们驱车沿着金字塔公路的弧形延伸经线,前往吉萨——金字塔的故乡。

火辣辣的骄阳照得路上的沙土闪闪发光；一望无际的黄土伸展着，直到天边。原野辽阔且寂静，此时扑入你的视野的是巍峨挺立的三座金字塔……忽然远处扬起一阵黄濛濛的尘土，一伙骑高头大马，着黑色警服，全副武装的警察，蹄声铿锵，呼啸而

金字塔护卫警察

过。原来景区为防止恐怖袭击，采取措施，加强安保警戒巡逻；每天每座金字塔仅限300人进入参观。

金字塔是古埃及法老安葬之地。陵墓用巨大的石块修筑而成，顶尖底阔，呈方锥型，酷似汉字的"金"字。

金字塔中规模最大、最高的是第四王朝第二代国王胡夫的陵墓，建于公元前2670年，原高146.5米，因年久风化，顶端剥落下降10米，塔底面积5.29万平方米。建时动用巨石23万块，每块均重2.5吨左右，调动了10万人，持续了23个春秋才竣工。

胡夫金字塔

胡夫之子海夫拉国王的金字塔虽然低了3米，但附属建筑完整壮观，顶端石头是白色花岗岩，虽经久远风化却永不褪色。旁边并立的狮身人面像，又名"斯芬克斯"。作为他的陵墓，人面像是海夫拉的模拟像，塔身为狮子，高22米，长57米，由整块天然石雕成。

狮身人面像

最小的金字塔是海夫拉之子门卡乌拉国王的塔,高仅66米,当时国事衰退,财政拮据,无法大兴土木,从此金字塔建筑日趋衰落。3座大金字塔与周围160多座小金字塔及附属建筑群,共同构成一副和谐庄严的美景,任何人面对都会为之震撼。

尼罗河在埃及可谓名副其实的历史长河,是埃及神圣的母亲河,它承载和积淀了埃及这个文明古国7000年漫长的岁月。正如古希腊学者希罗多德所说:"埃及是尼罗河的恩赐。"

赶赴金字塔的兄弟俩

金字塔下的埃及生意人

尼罗河

在尼罗河谷的土地上到处是绿油油的青草和金黄的谷穗、红艳艳的葡萄……这是夹在灼人沙漠间的一个水流不断、花果丛生的人间天堂。

然而正是尼罗河水的灌溉滋养了这块神奇的土地——埃及。

尼罗河发源于埃塞俄比亚高原,全长6671公里,是非洲第一大河,也是世界上最长的河流之一,它流经9个非洲国家。有两条上源河流:白尼罗河、青尼罗河,在开罗河口地区注入地中海。除农田灌溉外,埃及段内河道均可通航。尼罗河谷和三角洲是埃及文化的摇篮,也是世界文化发祥地之一。

阿布辛贝勒神庙,正面并排端坐着4尊拉美斯二世的巨大塑像

从开罗发往阿斯旺的列车,奔驰了一整夜即将到达终点,在一番劳顿的急驰之

外殿为拉美西斯二世征战疆场的壁画

拉美西斯二世凯旋庆典的壁画

后,缓缓地停了下来。我们下火车转乘越野汽车,由军警人员护送,目标是埃及与苏丹边界的努巴(阿拉伯语意为和平与黄金地带)。

莽莽荒原,没有风,没有声息,黄沙发出枯燥的苦味,使人晕眩。天已大亮,眼前望见一泓湛蓝的湖泊,阳光下泛起一圈圈涟漪,拖起无数光带。恰似一条条轻纱在水面飘动。这就是位于努巴的美丽的纳斯尔湖。湖畔矗立着两座山峁,陡峭光滑。其中较大的一座是阿布辛贝勒神庙,是拉美西斯二世为自己兴建的,旁边不远的娜菲泰莉神庙,则是为王后而建。拉美西斯二世是埃及第19王朝第3位国王,统治埃及长达67年,这是他为歌颂自己的雄才伟略而建的宏伟工程。

整座建筑从山壁开凿而成,蔚为壮观,充满神奇色彩。庙高38米,阔65米,正面大门有四尊拉美西斯端坐的雕像,高达20米,膝下还有许多细小的雕像,包括多位爱妃、子女。外殿有8根梁柱,墙上绘有国王征战疆场的壁画。内殿圣坛上供奉着4座神像——太阳神、拉美西斯二世神、阿蒙神以及黑暗神普塔赫。每年2月22日和10月22日,分别是拉美西斯二世的生日和登基日。清晨,太阳的曙光穿过60米长的外殿,直射到内殿圣坛上的

内殿圣坛上供奉的神像

卢克索神庙

3座神像身上,皆因第四位是黑暗神,身藏暗处,永远见不到阳光。如此精湛准确的天文计算,是古埃及人智慧的结晶,也是古埃及人留给人类社会无法估量的一笔财富。位于努巴的阿布辛贝勒神庙将作为人类的宝贵遗迹而流芳千古。

在卢克索古迹中给我留下最深刻印象的是卢克索神庙和卡纳克神庙。卢克索神庙坐落在尼罗河东岸,已有3000多年历史,由于连绵的战争和人为破坏,神庙的原形不复存在,只能看到一些零散的旧址。

据史料记载:神庙是古埃及第18王朝的第9个国王爱米诺菲斯三世法老所建,他生前崇拜太阳神阿蒙和太阳神的父亲、妻子及儿子月亮神,为祭祀神灵不惜代价修筑了这座神庙。

后来第19王朝第二位法老拉美西斯二世,他是埃及最有影响力的国王,在埃及的鼎盛期动用大量人力、物力和财力,对卢克索神庙进行了扩建,在神庙塔门两旁修筑了两尊高达14米的拉美西斯二世雕像,又在旁边石壁上刻下浮雕和铭文,记述着他的赫赫战功。

卡纳克神庙是卢克索古迹中的精华,规模宏大,保存完整,前后持续了数个朝代,尤其是卡纳克神庙的大厅素有"艺术世界奇观"之称。大厅内有百余根圆形石柱,墙壁上刻有奇妙的浮雕图案,记载了国家与诸神之间的关系。在神庙还可以看到两块方尖碑,这是为埃及著名的哈特谢普苏特女王而建的。圣殿全部用花岗岩修筑,墙壁上刻着引人入胜的浮雕和彩绘。

卢克索西部是一个神奇莫测的世界。这里布满古埃及国王和王后的墓穴称为帝王谷和王后谷。帝王谷在尼罗河两岸的一条山谷中,这里埋葬着许多国王和王室成员。

卡纳克神庙

帝王谷

王后谷

从第17王朝到第20王朝中的64位法老均葬于此。帝王谷依山势开凿，与我国明朝十三陵非常相似。虽然经历数千年的风雨侵蚀，却依然如故。其中最小却最有名气的就是第18王朝的法老图坦卡蒙的陵墓，由于它处于一座王陵的下坡，位置隐蔽，所以是迄今为止唯一未被盗掘的陵墓，里面保存完好的随葬品，经清理后均保存在埃及开罗博物馆内，设有专门的展厅，展厅门口屏幕上就显现出图坦卡蒙的黄金面具，闪闪烁烁，本身就是一件了不起的艺术品。另外两件宝贝是他的黄金棺和黄金宝座。

图坦卡蒙公元前1334年至1323年在位。他出身平民，因貌美出众被选为驸马，9岁登基，18岁神秘死亡。与他同时下葬的还有他的两个女儿的木乃伊，因出生不久便夭折了。在出土的1700余件稀世珍宝中，仅清理造册就用了四年多的时间，人们从中可以了解公元前十四世纪埃及法老殡葬的真实情况。在1922年图坦卡蒙墓的发掘成为当时轰动世界的重大考古发现。

图坦卡蒙的黄金面具

三五成群的埃及人到神庙游览

大洋洲风情揽胜

夕阳下的悉尼歌剧院和悉尼海港大桥，是悉尼人的骄傲

第一公民

在澳大利亚，65岁以上的老人，社会地位被公认为第一公民，普遍受到尊重。他们除了享受国家给予的社会保障权利外，退休时还可以获取一笔可观的收入，可以支付购买别墅、房车等大笔资金的福利设施项目，也可以自由地选择居住地。

在新南威尔士州，有一个远近闻名的鲁拉小镇，它的美丽绝不亚于欧洲有名的童话小镇，适合秋赏红叶、春赏樱，是知名的世外桃源。然而，这里的常住居民却有百分之八十以上是六七十岁以上的老年人，秀丽的景观，安静的环境，一切都显得那么闲适温馨。

新南威尔士州鲁拉小镇

海天一色

澳大利亚有一处有着特殊奇异现象的风景区——蓝山，是一座至今未被征服的原始山林。林中的空气中有一层蔚蓝色的薄雾，似乎将周围的景物染上颜色，被一种幻觉似的气氛所笼罩，同时飘散着一股淡淡的清香，使人宛如身处神秘的仙境一般。而那蔚蓝氤氲浓郁的抛出者，却是澳大利亚的国树——桉树，这种常绿乔木树干挺拔，枝叶繁茂，自身溢发的油滴，在阳光的折射下挥发出蓝色的一种特殊的气体，于是产生了这种奇异的现象。图中的三姊妹峰是蓝山的胜景，峰高450米，三块巨石高耸入云，俊秀奇俏似三位含情脉脉的少女亭亭玉立。

蓝山桉树散发的气体使整个山体变成蔚蓝色

世界奇迹

闻名遐迩的悉尼歌剧院是公认的世界十大奇迹之一，由丹麦建筑设计师约恩·乌松设计，他将这一建筑的外形设计成港湾中的帆船，这正适合悉尼所固有的"帆船之乡"称号。历经14年竣工的这座文化殿堂，不仅成为悉尼的灵魂、标志性建筑，也是澳大利亚的代表作。

　　位于贝尼朗岬角上的歌剧院三面环海，景色雄伟壮观。宛如帆船的优美曲线与美丽海港的背景交相辉映，展现出迷人的风采，构成一幅靓丽的风景线。它不仅外观处处展现惊世之举，而内部设施也堪称一流，整个大厅没有一根立柱，音响效果、材质构造更为独具匠心，无处不给予你史无前例的感受，具有很强的创新意识。

憨态可掬

　　澳大利亚独有的动物考拉（树袋熊），生长在茂盛的桉树林里。它们一年四季在桉树的枝干上攀援，幼嫩的桉树叶是它们唯一的食物，胖乎乎的身躯很少在树干间移动，坐在那里吃饱了就睡，睡醒了再吃，懒惰的习性使它们个个胖墩墩的，一双闪亮的小眼睛紧盯着食物，

憨态可掬的考拉　　　　澳大利亚独有动物袋鼠

砸着薄薄的嘴唇，下颌上留着一丝涎水……有趣的是这些胆小的动物却对人类毫不惧怕，抱着它拍照嬉戏，它会像个婴孩儿似的深深地躺在你的怀里，十分逗趣可爱。与考拉相近的还有袋鼠也是可喜可爱。

库克石屋

　　澳大利亚的著名景观库克石屋，地处墨尔本的惠灵顿大道上的费兹洛依公园里。这是一个天气晴朗的日子，阳光下公园好像被洗涤过一样，闪烁着各种新鲜的色彩。那浓密的绿树，那绒毯似的草坪，那清澈的喷泉，那繁花似锦的皇家植物园，都像油画一样。斜顶铺瓦石砌墙面，前方插着澳大利亚国旗的库克石屋带着浓郁的英国乡村气息和童话般的浪漫出现在人们面前。1728年，詹姆斯·库克诞生在英国的约克夏郡。作为航海家的

詹姆斯·库克

库克首先发现了澳洲大陆，1934年墨尔本建市100周年，知名实业家拉塞尔爵士出资800英镑，将库克在英国的故居买下，作为礼物，献给墨尔本市民。通过海运移建，按照原样组建，简洁、朴实的库克石屋见证了库克船长成长的轨迹，是弥足珍贵的大洋洲历史文物将永世留存。

墨尔本的费兹洛依公园里的库克石屋

火山口湖

新西兰观光城市罗托鲁阿，毛利语是"火山口湖"的意思，是毛利人聚居地，号称毛利人之乡。位于新西兰北岛的罗托拉山，是南半球有名的泥火山和温泉区。这里遍布天然地热温泉，森林浓密，阳光激滟，山色迷幻，游禽戏水，海鸥翔空。地热温泉呈灰黄色，泥浆沸腾，发出蛙鸣声，空气中弥漫着蒸汽和硫磺味。

新西兰罗托鲁阿的温泉区

毛利文化多姿多彩，有着独特的魅力和别样的风情。罗托鲁阿市郊的毛利土著文化村，民居、仓库、聚会场所仍保持原貌，连打鱼捕捞的独木舟和作战用的长矛、弓箭都完整保留。在居住地，有毛利人传统的木雕、手织布和石刻器皿等，村内一木柱上雕刻着记述阿拉瓦部族历史的图案。毛

毛利人首长　　　　毛利人

利人擅长用地热烧煮食物，风味独特，他们还以粗犷奔放的歌舞表演满腔热忱地迎接客人。

我们在奥希内幕图毛利村观看了一场毛利人别开生面的歌舞表演。虽然我们听不懂毛利语，但对他们的表情动作尤其是肢体语言逐渐变得熟悉起来。毛利人能歌善舞，嗓音浑厚甜润，悠长的天籁之音令人拍案叫绝，舞蹈舞姿轻盈，热情奔放。男女演员水乳交融的动作展示了人体美妙、神奇的表现力，令人至今记忆犹新。女演员表演的"波依舞"，她们用一种特殊的道具——马蔺草编成的小白球，一端用细绳牵动，另一端演员拿着它挥舞出各种娴熟优美的弧线，令人目不暇接。男演员的舞蹈"哈卡舞"更为精彩，主要表现古代战争和渔猎劳动场面。舞者赤裸上身，下身着花色草裙，动作粗犷有力，有的手持刀剑铿锵相击，同时嗷嗷喊叫，显露出凶神恶煞般的狰狞表情，同时伴有民族器乐如响板、竹笛、皮鼓等的演奏，古朴苍凉的曲调，引起观众的感情共鸣。

毛利人房屋

旅美掠影

美国国会大厦，白色大圆顶的政府大楼被视为华盛顿的象征

自然景观

美国广袤的土地上拥有大峡谷、大瀑布，黄石国家公园等大自然的鬼斧神工之作，驰名世界，让人们流连忘返。

科罗拉多大峡谷　　　　　　　乘直升机飞跃大峡谷

　　位于亚利桑那州西北的科罗拉多大峡谷，被称作世界七大自然奇观之一。我们乘车来到大峡谷西峡，让我想不到的是，这片因科罗拉多河穿流侵蚀形成的峡谷，竟然如此奇特，眼前展现的是仿佛要吞噬一切的深不见底的万丈深渊，幽谷垂直陡立，岩壁一层一层斑斑驳驳，呈现出彩色斑斓的图案。这是由于地质构造、生成年代不同，因而形态各异，气象万千。顶端上一块巨大的巉岩，酷似一只展翅翱翔的苍鹰，得名"老鹰崖"。在附近的菲尼克斯机场，我们搭乘直升飞机从空中俯瞰大峡谷，体验其超凡魅力。

　　大峡谷占地4926平方公里，平均海拔达2000余米。听说这块领地属于瓦拉派印第安人保护地，我们从这里出发，将降落到1500余米的谷底，再乘坐机帆船泛游已20亿年的科罗拉多河。

　　大峡谷的形成经历了漫长悠远的岁月，距今几千万年前，科罗拉多河像是一只没有被驯服的猛兽，洪水滔滔，浊浪排空，激流一刻不停地疯狂冲刷着沿岸，终于在峻峭的绝壁上开拓出巨大的横沟，赋予其光怪陆离的形态。岁月流逝，往昔喧嚣肆虐的科罗拉多河已不复存在，当我站在斑驳光秃的峭壁上，思绪袅袅绕绕想象着当年激流咆哮冲刷出犬牙交错的深邃崖谷……

　　直升机犹如小小的海鸥在广阔的海峡中盘旋翱翔，在接

黄石国家公园

尼亚加拉大瀑布

近谷底的瞬间,突然像羽毛一样轻盈地飘落着地,螺旋桨渐缓旋转,发出轰轰的响声在山谷中回荡。我走出机舱,放眼四望,谷底的确有些阴森可怖,周围显得异常空旷,科罗拉多河的水流已变得缓慢,河水依然混浊如故。忽然,一阵阵呼喊声打破了山谷的寂静,原来是船工们挥着手打招呼欢迎游客到来。只见他们个个身强体壮,肤色红润,宽鼻梁,大眼睛,张着厚嘴唇不停地笑。据说他们都是地道的印第安人的后裔。

尼亚加拉瀑布是世界三大瀑布之一。美国一侧的瀑布水线长335米,落差54米,冲刷出7000米长的峡谷。

次日清晨,我们登上"雾中少女"号游轮,开始了难忘的旅行。峡陡江急,船只缓缓行进,激起雪白的浪花,距近处观看大瀑布的目标已越来越

波涛汹涌气贯长虹的大瀑布

近，忽听前面隆隆作响，山摇地动，抬头一看，瀑布从悬崖上垂直奔泻而下，以银河倾倒之势俯冲下来，声势犹如万马奔腾，激起浩瀚的水汽，云雾般地升腾，飞溅的泡沫抛向四野，一碧无际的天幕上升起一道彩虹……

我站在游轮的顶层，甲板上流淌着飞溅下来的水，我的雨披上已溅满了水珠，霎那间竟然成了"落汤鸡"。船上欢腾着声声笑语，游客们兴致勃勃无不像着了魔一般，远方一道七彩艳丽的长虹横贯天际，人们惊愕之余，深深地被大瀑布的宏伟气势所震撼。

人文景观

位于曼哈顿岛最南端的华尔街是全球金融中心

布鲁克林桥是连接曼哈顿岛和布鲁克林区的第一座钢铁大桥

美国是世界上最发达的资本主义大国，经济实力、科技文化水平、基础设施诸多方面取得了显著成果。但由于社会制度有着根本性的缺陷，已日趋走向衰落。然而在许多领域，诸如历史文化、人文建设却始终获得保护与尊重，值得一学。

秋意瑟瑟的清晨，在美国华盛顿中心，我们穿越宾夕法尼亚大街步行到国家广场，准备到南草坪参观总统办公大楼，这也是世界上唯一定期向公众开放的国家元首的官邸。令人遗憾的是当天上午政府有重大的外事活动已经戒严，我们只好另辟蹊径绕行去北大门草坪远望观瞻。在一片青松绿草的掩映下，白宫，一座18

白宫，美国国家元首官邸，美国自由民主的象征。

世纪末英国乡间别墅式的三层楼房，耀眼无瑕的白色几乎让阁楼发光，彰显出洁净、宽敞、典雅的意味，给人一种超乎寻常的感觉。

这座建筑的设计师詹姆斯·霍本，不是美国人也不是英国人，而是爱尔兰裔。这在种族歧视盛行的年代，令我们不能不称赞当时的美国国家领导人能有如此大的胸怀气度和包容精神。白宫已历经了200多年的风雨历程，截至特朗普，已经入住了46任总统。

时代广场原名"朗埃克"广场，又称时报广场，得名于《纽约时报》早期在此设立的总部大楼，为纽约曼哈顿的一个街区，它是时尚潮流的代名词，是纽约繁盛的购物中心，为纽约地标性场所之一，每年有2600万游客到这里聚会，被称为"世界的十字路口"。

这天天气晴朗，万里无云。我站在"自由女神"号客轮宽敞的甲板上，徐徐的微风拂面而过，我探身向远方眺望，长虹般飞跨江面上的布鲁克林大桥飞逝掠过，从江面上浴波而出的是鳞次栉比的摩天大楼，新世贸大厦、洛克菲乐中心大厦、帝国大厦巍峨壮观。

美国第三任总统托马斯·杰斐逊纪念堂

我庆幸在这么短的时间里，能一揽曼哈顿诸多景观。船行至哈得孙河口，一尊英姿飒爽高举火炬的自由女神雕像进入我的视野。雕像身高46米，加上基座高达93米，整体225吨重，120吨钢铁为骨架，80吨铜片为外衣，用30万只铆钉固定装配。设计者巴托尔迪是生于法国的意大利人，年轻时就酷爱雕塑艺术。他才思敏捷，技艺精湛超群，以1851年法国大革命时期，一位手持火炬，冲锋陷阵，英勇牺牲的年轻姑娘为原型，塑造了一尊象征争取民主自由的勇士形象。雕像由法国人民捐款，作为法国政府赠送给美国独立100周年的礼物。自由女神像作为美国国家标志性建筑也是美利坚民族争取民主自由的象征，被联合国教科文组织列入《世界遗产名录》。

纽约时代广场

自由女神像

好莱坞环球影城游记

好莱坞环球影城主题公园

　　好莱坞位于美国洛杉矶西北郊，环球影城为好莱坞八大电影公司之一，建于1915年，占地1.68平方公里，影城主题公园被称作"洛杉矶的娱乐之都"。
　　洛杉矶的秋色是美丽的。在蓝湛湛的苍穹下，棕榈树树姿巍峨，遒劲有力地伸向高空；桉树也不示弱，树干挺拔，绿叶婆娑摇摆……

幢幢迥然不同的楼阁、洋房，卡通形象、海报将其装饰一新

与影片《海绵宝宝》主人公合影

　　主题公园中央广场上，旋转着的镂空地球仪矗立在我的面前，表现了新颖标志与艺术风格地巧妙结合。旁边是电影摄制人员的一组铜像，造型独特，栩栩如生。

　　一条狭如带子的路上，行人如织，列成长长的行列，蜿蜒着连续走来。随着轻盈充满动感的音乐旋律，步入耀眼夺目、魅力无穷的艺术殿堂。幢幢迥然不同的楼阁、洋房，这是近期公演的大片《木乃伊归来》《神偷奶爸》《科学怪人》《海绵宝宝》《金刚》……的娱乐厅。神采飞扬的卡通形象、色调和谐的海报，将建筑物装饰一新，令人赏心悦目。

影片《科学怪人》主人公杰克　　　　　与玛丽莲·梦露的扮演者合影

影片主人公纷纷粉墨登场，活跃于门前或人流之中，为游客签名拍照。路上，正巧我与海绵宝宝这位主角相遇。"HELLO！"他用英语向我打招呼，还跑来和我握手拥抱，随即风趣地变换着表情动作，逗得我哈哈大笑。游客们也被吸引过来，和我们一起娱乐。《科学怪人》的主人公杰克·弗兰肯斯坦虽然长得丑陋，但人很好，我与他们亲切交流，合影留念。

游客乘车体验的项目——电影车之旅

我最感兴趣的体验项目是电影车之旅。每天有多班游览车定时发车,全程40分钟,由导游讲解,引领游客参观探索外景地、摄影棚、道具库,感受经典影片中曾经出现过的著名场景。

娱乐大厅正在放映影片《木乃伊归来》

游览车启程,在一碧万顷的田野上奔驰。一路上五颜六色的楼群鳞次栉比,结构丰富多样,有的似古堡,有的像宫殿,有的萧墙粉壁,有的盖顶,冒出罗马式的塔尖……各种车辆更是五彩斑斓、千奇百怪。

在宽敞的摄影棚有惊无险的一幕发生了,"水在大街上汹涌流过,挟着骇人的声音,而且猛然一下,像霹雳似的,很多房屋倒塌了,洪水猛兽般的直灌而来……"真是"远若素练横江,声如金鼓;近则亘如山岳,奋如雷霆……"追车、爆炸、地震……凡是电

惊险刺激的体验项目"水世界"的拍摄现场

影中出现过的惊险场面,都可以再现,让你亲身体验。

《水世界》是惊险刺激的体验项目,这里模拟真实的拍摄现场,演员在爆炸烟雾、火海中摸爬滚打,冲锋陷阵,从中展示特技表演的功夫,使观众近距离地感受逼真生动的真实场景,了解高科技在娱乐业中的应用。在拍摄现场,一定把游客的衣服打湿才能让人感到自己就在这个画面中。

我进入影片《金刚》的娱乐大厅,正在放映影片《360度3D金刚历险》,高达10米的霸王龙与号称世界八大奇迹的金刚展开了一场殊死搏斗:金刚毫无惧色,"噔"突然纵身一跃,攀上野藤悬垂的岩壁,垂着头怒目圆睁""突然一声巨吼,霸王龙一蹿一蹿地向金刚猛扑过来,粗壮的尾巴扫击地面,尘埃四起,它张开大口露出利牙,垂涎三尺,用力地啐了一口唾沫……

场上的座椅颠簸、摇晃、跳荡,一股一股冰冷的水向观众袭来。逼真的影音效果,三维时空变幻与模拟技术的完美结合,使观众感到毫无准备的恐惧,使人体感官充分得到刺激,从而使体验达到极致。

好莱坞,人类的造梦基地,世界电影的中心,能亲眼目睹、亲耳聆听弥足珍贵,使我了却宿愿,不虚此行。

经典影片《金刚》中的金刚与霸王龙怒目对峙

洛杉矶好莱坞巡游礼赞

洛杉矶好莱坞的标志

　　阳春三月冰雪消融，在这春暖花开的季节里，我们不远万里，穿越时空的隧道，踏上了美国这片神奇的土地。飞机从万米以上的高空徐徐降落，目标是美国西部的洛杉矶，我们将从这里入境。

　　在离地面不到万米，景物渐渐清晰可见了，从云层笼罩的高空俯视，进入旅客眼帘的是耸立在山顶的HOLLYWOOD（好莱坞）九个巨大的英文字母，这是洛杉矶的标志，这块广告大牌楼是1926年"好莱坞地产公司"为吸引客户而制作的,直到1946年卖给洛杉矶市政厅,并延续至今。

洛杉矶坐落在加利福尼亚州的南部,是仅次于纽约的全美第二大都市。它不仅是世界知名的娱乐中心,也是文化气息浓郁的城市。早在200多年前,在辽阔的美洲西海岸,圣

"天使之城"洛杉矶海滨

佩德罗湾与圣加布里埃尔山组成的襁褓孕育出一座名叫"洛杉矶"的天使之城。有一位西班牙传教士发现了这片太平洋暖流沐浴的草木繁盛的土地,便认为这是上帝赐予的宝地,一句"天使女王圣母玛利亚"脱口而出,从此"天使"便成为洛杉矶的昵称。

200多年的光阴逝去,曾经那片人迹罕至的土地已经成为一座风光旖旎的国际大都市。整座城市一家一栋的别墅散落在绿茵鲜花丛中,鳞次栉比的庭院式建筑,造型别致,色彩淡雅,风格各异。市中心几十层的高楼大厦林立,形成了高低错落悬殊的对比,蜿蜒于市区的溪涧清澈见底,游来游去的五颜六色的鱼儿历历可数。洛杉矶仿佛是一个童话世界。

洛杉矶童话里的世界

洛杉矶金门大桥

大众娱乐诸如电影、电视、音乐方面，构成了洛杉矶国际声誉和全球地位的基础。在洛杉矶，游人可以同那些把名字留在传奇的星光大道上的明星不期而遇，欣赏坐落于格里菲斯公园中的那块"好莱坞"标志；参观"电影王国"环球影城的主题公园；或者在欢乐海洋迪士尼乐园里感受激情。在洛杉矶可以找寻到令人惊喜万分的地方……

迪士尼乐园一瞥

洛杉矶有全球首个著名的城市乐园——迪士尼乐园，它的设计者沃尔特·迪士尼就是家喻户晓的卡通形象米老鼠、白雪公主的作者，迪士尼乐园是一个把科学技术和丰富想象紧密结合的娱乐场所，每年吸引着5000万以上的游客前来观赏。

洛杉矶是美国高速公路最发达的城市，这里街道纵横交错，密如蛛网，四通八达，大大促进了旅游业的发展，并成为国内外重要的交通枢纽。

好莱坞本意是一个地名概念，它位于洛杉矶市区的西北，是一个棕榈环绕的园地，1887年居住于此地一位早期开发者的妻子威尔科克斯夫人为它取名好莱坞，意为"常青树林"。

这里风光怡人，依山傍水，是全球时尚的发源地。如今它已成为美国电影的代名词，拥有世界顶级的娱乐产业，奢侈品牌云集整个洛杉矶。

夜幕下的洛杉矶高速公路

美国是世界上最先发明电影的国家。爱迪生早在1887年就致力于发明电影的工作。

1889年成功创制"电影留声机"并在美国西橘镇放映了第一部无声电影引起轰动。20世纪初，爱迪生电影专利公司凭借着电影器材的发明专利垄

洛杉矶好莱坞巡游礼赞

棕榈树环抱的"电影王国""造梦基地"

断了美国电影的生产和发行。美国许多小型电影企业为躲避爱迪生电影专利公司纽约公司的法律压迫,纷纷来到洛杉矶重建基地。分散于各地的电影导演、演员、技术人员相继接踵而来,并于1911年尼斯托在好莱坞建立了第一个电影制片厂,1925年生产了第一部有声影片。

好莱坞具有极好的拍片条件,这里一年四季天气晴朗,鸟语花香,自然景物多姿多彩。由于拍摄的影片通俗明快,十分畅销,企业主获取了高额利润,创作人员和技术人员获得了就业机会,电影生产的巩固和扩大为好莱坞逐渐定形创造了条件。爱迪生电影专利公司失去垄断地位后,好莱坞便成了美国电影工业中心。每年制作数以百部计的影片,吸引数以亿计的观众。福克斯、米高梅、哥伦比亚、华纳、联美、派拉蒙、环球及雷电屋——号称美国的8大电影公司,以及他们所属的制片厂、洗印厂、机械厂等都集中于此,成为好莱坞的班底,形成了较为先进的电影生产物质技术基础,培养了一批专业人才和电影明星。在固定样式范围内形成了编、拍流水作业制,完善了一系列检查制度。好莱坞就像梦幻工厂,它不仅以自己生产的影片,而且以自己的生活方式引起广大观众的密切注意,

格里菲斯导演的影片《党同伐异》

电影喜剧大师卓别林的影片《摩登时代》

159

好莱坞风光

因而形成独特的神话。

20世纪三四十年代,好莱坞商业化类型电影不接触现实,只为观众编制幻梦,使观众陶醉于情节之中,因此,好莱坞赢得了"梦幻工厂"之称。

美国电影艺术家格里菲斯是把摄影机作为一种戏剧手段来使用的第一人,他拍出了世界上有影响的力作《党同伐异》。卓别林是世界上具有声望的电影艺术家、喜剧表演艺术家,他所拍摄的影片《城市之光》《摩登时代》等,充分证明了电影语言的雄辩力和震撼力。尤其在喜剧片的创作上,立下了不朽的功勋。此外,好莱坞还生产过《居里夫人》《翠堤春晓》《乱世佳人》《蝴蝶梦》《战地钟声》《魂断蓝桥》等名片。

二战后的好莱坞影片踏入了多事之秋,前途曾一度黯淡。此后西部片再度兴起而成为好莱坞的摇钱树,到了四五十年代灾难片、科幻片、怀旧片和家庭伦理片也曾风靡一时,成为影坛新宠。由于电视的激烈竞争,到了五六十年代,好莱坞影片开始走下坡路,影片锐减,影院减少,观众人数下降,电影市场萎缩,影片制作和票房出现了从未有过的低谷,财政经历了一定的困难,迫使制片商不得不制作高成本的最佳影片,这种倾向一直延续至今。

20世纪七八十年代到20世纪世纪末,好莱坞电影发生了变革性的转化,突出表现在现实社会传统得以恢复,政治电影崛起,热点题材大多以现实生活为主,娱乐片继续发展,尤其以高质量的科幻片最为突出。

自21世纪初以来,好莱坞影片年产高达3000余部,一些艺术性、娱乐性较高的影片层出不穷,从而发挥了引领世界电影新潮的作用。

好莱坞影片的特点比较讲究动作性,具有强烈的矛盾冲突,题材广泛。与此同时,也应该看到好莱坞大部分影片思想倾向还停留在原来保守的水平上,虽然逐年走下坡路,但它的繁荣景象仍不减当年,在电影市场仍处于领先地位。许多成功的电影经典在艺术水平上达到巅峰,好莱坞当之无愧是世界电影的中心,并已成为旅游胜地。

　　1958年建成的著名的星光大道,是为纪念好莱坞名人对电影娱乐事业的贡献而设立的,现已成为世纪文化历史地标,地面上有2000多颗镶有好莱坞名人姓名与印记的星形奖章,如玛丽莲·梦露、阿诺得·施瓦辛格、伊丽莎白·泰勒、汤姆·克鲁斯,还有华人明星李小龙、成龙,著名导演吴宇森等。街上的星都用水磨石制成,粉红色五角星形,镶有青铜边框嵌入灰色的方块石中。喜欢电影的游人可以在星光大道上漫步,细细探寻自己所迷恋的影星的印记。

星光大道

美国歌手michael的星光标志

华人导演吴宇森的星光印记

中国剧院

在好莱坞市中心耸立的中国式建筑"中国剧院"是全美最著名的影院之一，影院具有地道的中国特色是由悉德·格劳曼于1927年创建的，所以被称为"格劳曼"中国剧院。中国剧院的大门使用了两根巨大的珊瑚制成的红柱，上面镶嵌着熟铁面具，柱中间是石雕，雕刻着中国龙，还有从中国远道运来的石制天狗把守大门。大门玻璃窗内陈列着身穿中国戏服的三尊蜡像，悬挂在剧场中央的晶莹剔透的枝形吊灯和一排2200个大红座椅的观众席，红色地毯等，让人感觉气派与华贵，内外部设计彰显出浓重的中国气息。

在不远处的大街深巷处是好莱坞露天剧场，也是全球规模最大的音乐演奏厅。可容纳17000多名观众，演出形式多种多样。每逢演奏时从古典音乐到现代流行音乐轮番上演，观众可享受到顶尖的音乐艺术佳作，是最受广大观众欢迎的项目之一。

剧院门前的喷泉

剧院入口处

好莱坞露天剧场

  由柯达公司捐资兴建的杜比剧院已于2001年正式挂牌启用。它的地位作用非同一般,源于每年都将在这里举行的奥斯卡金像奖颁奖典礼。奥斯卡金像奖是当今世界影响最大、历史最悠久的电影奖,由美国电影艺术与科学学院颁发。自1929年举行第一次授奖典礼以来,除1930年和1933年外,每年都举行一次。主要项目有:最佳影片、最佳女演员、最佳男演员、最佳导演奖,其他还有最佳摄影、美工、服装设计、编剧、剪辑、视觉效果、作

奥斯卡金像奖奖品、证书

获奖影星形象印记

杜比剧院

曲、音响奖等,另外还颁发特别荣誉奖。评选分为提名和投票表决两个阶段,表决揭晓后举行授奖典礼,司仪由电影界著名人士担任,获奖者将登台发表演说。

杜比剧院前厅展示着历届奥斯卡奖获奖的明星照片与简介。从剧场到广场铺设红地毯,颁奖典礼前,电影界知名人士走红毯步入大厅,场外有成千上万的影迷粉丝夹道欢迎,气氛隆重而热烈。届时,这里会成为新闻媒体和亿万观众关注的焦点。

洛杉矶还是一座艺术气息浓郁的城市,坐落于洛杉矶布伦特伍德的盖蒂艺术中心是洛杉矶最重要的艺术机构之一,虽然创办的时间不久,但却拥有雄厚的财力搜集世界顶尖艺术品。盖蒂艺术中心集中了美国本土最精美的名作手稿和老照片,而且还收藏了大量欧洲绘画、雕塑以及摄影艺术品。除了收藏,盖蒂艺术中心还投入大量资金进行各种艺术项目的开发,这种集收藏与创作为一体的艺术机构确实令人称赞不已。

圣莫妮卡码头上的摩天轮

在即将逝去令人留恋的晚春,我漫步在圣莫妮卡海滩,踩着细软的沙滩观望海上潮汐,在思索中慢慢品味人生,空气中带着一股湿润、清新、甜滋滋的味道。大海果真是瞬息万变,有时平静的像是一面镜子,有时惊涛骇浪,气势磅礴,激荡人心。只见退潮时,雷霆万钧的潮势就如同一望无际的大毯子,随着阵阵的轰鸣声席卷而来,又渐渐地在深海中逝去。眨眼间,神奇般地闪现出一片银色沙滩。

我望着这激情四射的大自然景观深深地吸了一口气,周身顿觉轻松舒畅,连日来的旅途疲劳顷刻消失了。

圣莫妮卡海滩

好莱坞街区

　　全长35公里贯穿整个市区的洛杉矶日落大道是名声远扬的一道靓丽景观。路两旁树枝巍峨枝干挺拔的棕榈树，给人以英姿勃发、道劲有力的感觉，绵延逶迤的电影广告牌吸引着人们的目光，这里已成为游客观光的圣地。

　　夕阳收敛了耀眼的光芒，镶出了西边天际的一抹绛红深紫，色调铺彩变幻莫测，时而蓝白，时而橘红，蓦然间又幻化出灿然的金黄，显得格外的明媚与凝重。

　　西天那一轮火红的落日如一个巨大的火球，跃入大地的怀抱。而那个射着红光的大火球渐渐地沉坠下去了，它的余晖给日落大道的街景镶出一道剪影的轮廓。由于这道剪影装饰的反衬，景观变得更加幽暗，更加遥远，垂暮了，夜正在降临……

　　洛杉矶梦幻般的美景使我一饱眼福。

　　迎着习习的晚风，我在日落大道上徜徉，在宁静与喧嚣中体味着天使般的大都市，思绪如泉涌般袭来，又缓缓地逝去。短暂的美好时光使我加深了对这座城市的理解，而在深入了解之后似乎又增加了依依惜别与无限眷恋之情。洛杉矶绚烂碕诡的风光，"电影王国""造梦基地"的艺术氛围氤氲着的魅力在我的心里留下了不可磨灭的记忆。

一路上所见所闻使我体验理解了高科技的应用和美国软实力发展的曲折历程，尽管它已日趋走向衰落，但是诸多方面仍然值得我们学习和借鉴。

洛杉矶好莱坞我要郑重地为你留言，为你发达的文化产业和突出的艺术成果喝彩！

好莱坞街区名品店荟萃

黄昏时分，洛杉矶的日落大道美景

后　　记

　　时光飞逝，岁月荏苒，结束那场耗时近十年的漫长旅行已近一年。如同一次生命的轮回，我游走世界的经历逐渐融入我的生活之中，成为生命的组成部份。往事如奔腾的江河，一直在脑海里涌动翻滚，时常会使我半夜突醒，彻夜难眠。人的脑子真是个奇妙的万花筒，那些异国他乡的情景画面在眼前旋转着，我的情感为那些记忆所鼓舞。

　　那是十年前当春三四月间，一场濛濛细雨过后，原野上开始脱去枯黄的外衣，大地上的野草从冬眠中苏醒过来，吐出了绿色的嫩芽。我整理好行装，开始了漫长旅途中的首站，去河西走廊的黑水国古城和古丝绸之路上的敦煌莫高窟一游。记得我那时的旅行还处于初级阶段，经常一人自由行，不是搭别人的汽车就是徒步跋涉。这天车到转弯处我从车上下来，独自一人赶往黑水国城堡。极目远眺，戈壁滩渺无人烟，尽是无边的沙石，连棵树也不见，遍地稀疏的长着芨芨草、骆驼草，偶尔见到几株沙柳。这时我已口渴难耐，抓起身上的水壶，空空的连一滴水也没有了，噢，下车时不慎把水全洒光了。四处寻找人家想讨口水喝却毫无踪迹。我咬牙坚持终于到了黑水城，没想到这里更是让人心灰意冷，整个城池一片废墟，除了黄土夯筑的城墙，就是断瓦颓垣，我登上烽火台，只见荒漠上连个人影都不见，我有些心慌，索性拔了一把草在嘴里嚼着，天色渐暗，沉沉的暮霭袭来，这一刻我绝望了。突然接到表弟隋利庆的电话，我真是喜出望外，当年他任青海省旅游集团董事长，正巧他到张掖出差，听说我的处境后，他立即驾车接我，使我终于脱离险境，他一直把我送到敦煌目的地。

　　记得著名作家余秋雨先生，在穿越伊朗、巴基斯坦、阿富汗交界时，曾有一位发达国家的记者采访他，问道：穿越目前世界上最危险地区时是否为自己的生命安全惊慌？余秋雨先生回答：更惊慌的是人类的自相残杀，宗教冲突、人口爆炸直到世纪之交还没有缓解的迹象。

  同样，旅游作为一种文化行为，尤其在中东这样的地区也是要冒风险的，有时生命会受到来自外界的威胁。2015年10月我在旅行社报名准备去埃及、土耳其两国。就在前几天，新闻报道，土耳其首都安卡拉发生恐怖袭击爆炸事件，造成许多平民百姓伤亡。当时出于安全考虑，许多游客纷纷退团。听后我仍然不改初衷，坚持出行。确信历史是勇敢者创造的，在困难时不能退缩。偏巧，2015年10月31日，我们正在埃及红海岸边游玩，就在当天一架从开罗起飞，飞往俄罗斯的航班途经西奈半岛时，因恐怖袭击，飞机坠毁，机上200余名乘客和机组人员全部遇难。第二天凌晨我们同样要从开罗起飞，途经中东地区，返回北京。

  消息传开后，我的家人急忙打来电话询问情况，当时我的情绪的确紧张，但仍强作镇定，对家人说："我们这里一切平安！"。此后，土耳其伊斯坦布尔接连发生恐怖枪击爆炸案件，我们免遭此难，深感庆幸。

  2016年8、9月份，我准备去四大文明古国之一的印度和古建筑闻名的尼泊尔观光，这也是即将结束漫长旅程的最后一站。然而，令人遗憾的是旅行社有新的规定，凡是年过七旬的老人出行时，必须到指定医院体检，合格后须由家人陪同外出。而我的妻子身体欠佳难于长途旅行，儿女或是旅居国外，或是工作性质难于离岗，正当我万分无奈时，我的挚友，深圳证券时报编审、出版人萧桂民听说后，立即伸出援助之手，在南方选择旅行社，为我办理一切出行手续，并安排好食宿，顺利踏上旅程，给我留下难忘的记忆。

  在本书面世之际，特别感谢宁夏电影集团公司总经理杨洪涛先生的重视与帮助。
感谢我的妻子、儿女多年对我的理解与厚爱。
感谢出版、印刷有关部门的支持与协作。
谢谢大家。

隋城
2017年8月20日

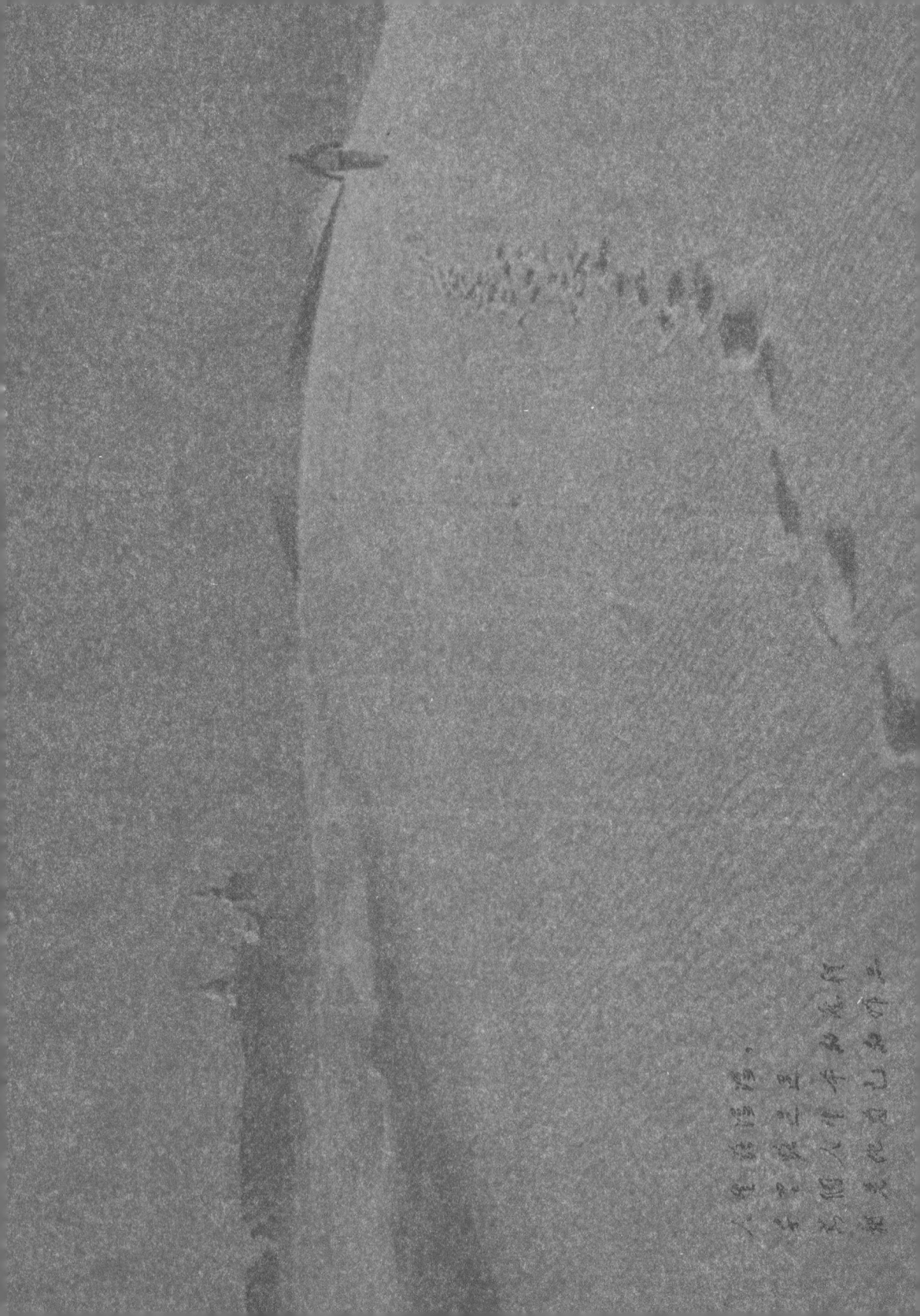